よろず占い処
陰陽屋は混線中

よろず占い処　陰陽屋は混線中

天野頌子

ポプラ文庫ピュアフル

もくじ

よろず占い処　陰陽屋は混線中

第一話

委員長、絶句する

一

東京都北区王子《きたおうじ》に今年も桜の季節がやってきた。

江戸時代からの桜の名所である飛鳥山《あすかやま》公園では飲めや歌えの大騒ぎ。鉄道ファンはなんとか都電と桜を一枚のショットにおさめようと三脚まで持ち出し、食いしん坊は季節限定グルメのチェックに余念がない。

森下通《もりしたどお》り商店街でも、特に飲食店やコンビニはかきいれ時だ。音無親水《おとなししんすい》公園の桜並木の下にはオードブルや焼き鳥などの臨時売り場が出現する。

そんなお祭り騒ぎのまっただ中にあって、陰陽屋《おんみょうや》だけは平常通りだ。王子まで花見に来たついでに占いをして帰るお客さんもいないことはないが、多くはない。

「やっと暖かくなってきたなぁ」

アルバイト高校生の沢崎瞬太《さわざきしゅんた》は、古い雑居ビルの前に立ち、暖かな春の陽射しにむかって、うーん、と、両腕をのばした。

童水干《わらべすいかん》に草履《ぞうり》という牛若丸《うしわかまる》のような格好だと、冬場は足が寒かったのだが、もう大丈夫だ。

「よし、やるか」

瞬太は気合いを入れると、いつものように狭い階段の掃除をはじめた。リズミカルなほうきの動きにつれて、ふさふさの尻尾《しっぽ》がゆれる。化けギツネなので自前の尻尾だ。耳も三角だし、目も金色なのだが、つけ耳、つけ尻尾にコンタクトレンズだと説明するとお客さんたちはあっさり納得してくれる。本物の化けギツネなんかいるはずないと思っているのだろう。

「すみません」

瞬太が階段のなかほどを掃《は》いていた時、上の方から声が聞こえてきた。

顔をあげると、瞬太と同じ年頃の少女が立っている。くりっとした目が印象的で、髪は短く、クリーム色のチュニックに七分丈の黒いパンツという格好だ。

おそらく初めてのお客さんだろう。瞬太の耳をまじまじと凝視している。びっくりして目が離せないというよりは、じっくり観察しているような視線だ。

「これ、つけ耳だよ？」

きかれてもいないのに、瞬太はつい言い訳してしまう。

「きれいな毛並ですね。ふかふか……ううん、もふもふ？　さわってもいいですか？」

手をのばされるが、とっさに身体《からだ》を後ろにひいてかわした。

「それはちょっと。つけ耳がとれちゃうと困るから」

「そうですか」

残念そうに手をひっこめる。

「ところで、ここ、陰陽屋さんですよね？」

「うん、そうだよ。入ってみる？」

瞬太は階段を軽やかにかけおりると、黒いドアをあけた。

「今、混んでませんか？」

「全然平気だよ」

「じゃあ、ちょっとだけ」

少女は意を決したようにうなずき、階段をおりてくる。

「祥明《しょうめい》、お客さんだよ」

瞬太が店内にむかって声をかけると、几帳《きちょう》のかげから店主の安倍《あべ》祥明がでてきた。

「いらっしゃいませ、陰陽屋へようこそ、お嬢さん」

白い狩衣《かりぎぬ》に藍青《らんせい》の指貫《さしぬき》、長い髪に銀縁眼鏡《ぎんぶちめがね》と、うさんくささ満点の陰陽師《おんみょうじ》スタイルである。

しかも店内は薄暗く、狭い。

少女は祥明を頭のてっぺんから沓《くつ》のつま先までじっくりと観察した後、ようやく店内に足をふみいれた。

「話には聞いていたんですけど、本当に陰陽師さんのお店なんですね。一度来てみたいと思ってたんです」

興味津々といった様子で周囲を見回している。

「それはどうもありがとうございます」

祥明は得意の営業スマイルをうかべた。

「今日のご用は占いですか？」

「いえ、お守りがほしくて」

「大願成就、健康祈願、家内安全などいろいろな種類がありますが、どれにしましょう？」

「えーと、じゃあ、大願成就でお願いします」

「かしこまりました」

祥明はうなずくと、陳列されている護符の中から一枚を選びだした。

「へー、これが陰陽師風のお守りですか。これって絵……じゃなくて、記号なんですか？　神社のお守りとは全然違うんですね」

やはりまじまじと観察している。

「ミステリアスな感じがしていいですね。これ一つお願いします」

少女は大願成就の護符を買うと、満足げな表情で立ち去った。

「かわったお客さんだったな。お守りを買いに来たというより、陰陽屋がどういうところか自分の目で確認に来たという雰囲気だった」

祥明の言葉に、瞬太もうなずく。

「おれ、耳をじろじろ見られて、ちょっと緊張したよ」

瞬太は両手で自分の三角の耳を押さえる。

「まあクチコミで来てもらえるのは、店としては助かるがな」

「そうだよね。花見のシーズンなのにあんまりお客さん増えてないし」

「無駄に混んでもさばききれないから、ほどほどでいいんだよ。キツネ君の春休みも今日で終わりだし」

「あ、そうだった！」

「忘れてたのか。よくそれで二年生になれたものだな」

「まあな」

へへへ、と、笑った後、瞬太は重大な事実に気がついた。

そうだ、明日から学年がかわる。ということは……クラス替えがある！

今年も三井《みつい》春菜《はるな》と同じクラスになれるだろうか。

二年の冬には高校生活のメインイベント、修学旅行があるのだ。同じクラスかどうかで、楽しさが全然違ってくる。

つまり自分は今、運命のわかれ道に立っているのだ。

神さま、仏《ほとけ》さま、お稲荷《いなり》さま、どうかお願いします！

あれ、お稲荷さまも神さまだっけ？

まあおれにとっては別格ってことで！

突然手をあわせた瞬太に、祥明はけげんそうな顔をした。

二

やわらかな風がソメイヨシノの花びらを揺らす、少し肌寒い春の朝。

瞬太はいつになく緊張した面持《おもも》ちで、都立飛鳥《あすか》高校の校門を通りすぎた。

つい、右手と左手が一緒にでてしまう。
一、二年生の教室がならぶ三階に行くと、廊下の掲示板に人だかりができていた。
クラス分けが貼りだされているようだ。

飛鳥高校は一学年六クラスだから、今年も三井と同じクラスになれる可能性はわずか六分の一しかない。

掲示板まであと五メートル。

あと三メートル。

だめだ、足が動かない。

勇気をだせよ、おれ。

「お、沢崎、今年もおれたち同じクラスだな！」

廊下で自分の足と戦っていると、江本直希《えもとなおき》に肩をたたかれた。瞬太が緊張でひきつった顔をあげると、ニカッと笑う。

「……同じ？」

「あれ、まだ見てないの？」

瞬太はカクカクとからくり人形のようにうなずく。

「委員長も岡島《おかじま》も一緒だよ」

「……つい……は？」

「ん？　何？」

「み……つい……も、同じクラス？」

瞬太は下をむいたまま、ごにょごにょと尋ねる。

「あー、三井か。三井は残念だったな」

「！　違うクラスなのか!?」

瞬太が情けない顔をすると、江本はブッとふきだした。

「嘘!?」

「あっはっは、悪い悪い。三井も倉橋《くらはし》も一緒のクラスだよ。みんな二年二組」

緊張の糸が切れた瞬太は、はあぁ、と、その場にしゃがみこむ。

「もう、おどかすなよ」

頬《ほお》をふくらませて江本に抗議しながらも、嬉しさでいっぱいだった。

これで修学旅行に一緒に行ける。それから文化祭も球技大会も。

瞬太はゆるみきった顔で二年二組の教室にむかった。

教室に足をふみいれた瞬間ただよってくるいい匂い。

ふんわりした髪に、大きな瞳の小柄《こがら》な女子。三井だ。

瞬太に気がついて、にこりとかわいらしい笑みをうかべる。

「おはよう、沢崎君。また一年間よろしくね」

「お、おはよう」

三井の笑顔に瞬太はどきりとした。顔だけじゃない。声もかわいいし、ほっそりした首も、きゃしゃな肩も、時々陶芸の泥がついている小さな手も、何もかもがかわいくてドキドキする。

「沢崎、目!」

江本にささやかれ、瞬太ははっとした。

ドキドキするあまり、うっかり瞳孔《どうこう》が縦長のキツネの目になりかけていたようだ。

瞬太はいつもは普通の少年なのだが、興奮した時や病気で弱っている時などは、目が金色に光り、耳が三角で、長くてふさふさの尻尾をもつ化けギツネ本来の姿に戻ってしまう。ここは瞬太の正体を知らない生徒も大勢いる教室なのだから気をつけないと。

瞬太は自分の耳をつまみ、ふかふかしていないことを確認する。

「ふふ、大丈夫だよ」

瞬太の正体を知っている三井は、おかしそうに笑う。

「おはよう、沢崎」

瞬太の横を通りすぎて行ったのは、三井の親友で幼なじみの美少女、倉橋怜《れい》だ。女子であるにもかかわらず、女子たちの間で圧倒的な人気を誇る剣道部のエースである。

「おはよう、沢崎。席はとりあえず出席番号順だって。僕の後ろだね」

黒板を指し示しながら教えてくれたのは、委員長こと高坂史尋《こうさかふみひろ》である。賢い上に面倒見のよい、新聞同好会の会長だ。

「委員長の後ろの席なら安心して眠れるな。何かあったら起こして」

「どうせすぐ始業式で移動だよ」

「あーそっか」

そう言われても、椅子に腰をおろすとじわっと眠気がおそってくる。

机に頬杖をついて、ふわぁ、と、気持ちよくあくびをした時、目の前の高坂の背筋が急にピシッとのびた。

何だろう。

あ、このニオイはかいだ覚えがある。

……まさか。

瞬太は少し伸びあがるようにして、高坂の肩ごしに前方をうかがった。

インスタントラーメンのような縮《ちぢ》れた髪と、挑戦的な眼差《まなざ》し。

「まさか君たちと同じクラスになるとはね」

前髪を指に巻きつけながら不愉快そうに言ったのは、パソコン部の浅田《あさだ》真哉《しんや》だった。

「それはお互いさまだろう。沢崎から聞いたよ。学校の怪談にかこつけて陰陽屋さんを陥《おとしい》れようとしたそうだね」

「ほんのちょっとしたいたずらさ」

「随分《ずいぶん》悪質ないたずらだね」

早くも浅田と高坂の間で火花が散っている。

浅田は一方的に高坂をライバル視していて、何かと新聞同好会にちょっかいをだしてくるのだ。瞬太も赤ん坊の時に王子稲荷で拾われた化けギツネだということを校内向けホームページで暴露されるなど、ひどい目にあっている。もっともあまりにとっぴな内容だったため、ほとんどの生徒が事実無根のでっちあげ記事だと思ってくれたようだが。

そういえばあの時、瞬太に関する記事を即刻削除するよう動いてくれたのはクラス担任の只野《ただの》先生だった。今年も只野先生が担任なのだろうか。

重くなってきたまぶたが今にもくっついてしまいそうになった時、教室の前扉があいた。

ゆっくりした足取りで入って来たのは、見るからに定年間際といった風情《ふぜい》の男性教諭だった。髪の毛は黒いがバーコード状で、左耳の上で八対二にわけている。太いフレームの眼鏡はかなり年季が入ったものらしく、レンズがぶあつい上に黄色っぽい。

何よりレトロなのは服装で、ワイシャツとネクタイはともかく、事務員風の黒い腕抜きをはめている。

「みなさん、おはようございます。二年二組を担任することになりました、井上《いのうえ》です。一年間よろしくお願いします。授業は必修の現代文と、選択の古典を……」

驚いたことに、井上先生はまるでオペラ歌手のような、低くて良い声だった。

やばい、すごくよく眠れそうだ……

そう思った時には、すでに瞬太は机につっぷしていたのであった。

三

新学期がはじまって三日がすぎた。

パジャマ姿の瞬太が半分ねぼけたまま朝の食卓につくと、父の吾郎《ごろう》がご飯をよそってだしてくれる。

母のみどりはこれから病院の日勤なのだろう。軽くメイクをして、朝食をとっている。

「新しいクラスはどう？　もう慣れた？」

みどりの問いに、瞬太はうなずいた。

「うん、一年の時とあまりかわらないかな。まず八時半に教室にすべりこんだら、自分の席で寝るだろ」

昼休みは高坂におこしてもらって、江本、岡島と一緒に弁当を食べる。晴れた日は屋上で、雨の日は食堂だ。

昼食をとると教室へ戻り、再び熟睡。

次に高坂がおこしてくれるのはホームルームが終了して、下校する時間になった時である。

「つまり、昼休み以外はずっと寝てるってこと？」

みどりに呆《あき》れ顔で確認され、うーん、と、瞬太は考え込んだ。

「そうでもないかな。もっと委員長におこされてる気がする」

「あら、どんな時？　授業で先生が、ここ大事だから、って言った時とかかしら？」

「体育や音楽で教室を移動する時かな」

「ああ……」

「まあそういう出席さえたりていれば単位がもらえる教科をとりこぼさないのは大事

だからね。英語と数学と理科は全然単位がとれなかったから、三月までに何とかしないと、今度こそ留年させられちゃうよ」

吾郎はできたての目玉焼きと蒸し野菜を皿にのせながら、恐ろしいことを言った。

マヨネーズをかけて瞬太の前にだす。

「そうだ、明日からは焼き魚にしようか？　ＤＨＡをとると賢くなるっていう噂《うわさ》があるよね？」

「そうそう、特に青魚がいいんじゃなかった？　気仙沼《けせんぬま》の母に頼んで、さんま製品を送ってもらおうかしら」

「おれは何でもいいよ」

瞬太は目玉焼きの前で、ふあああぁ、と、大きなあくびをする。

今さら青魚を毎朝食べたところで、この自分が賢くなるとは思えない。父さんも母さんもいいかげん気づかないのだろうか。

それとも、気づいてはいるけど、奇跡を期待しているとか？

まあ、自分は焼き魚も目玉焼きも好きだからどっちでもいいけど。

……けど……。

くー。

「瞬太、寝ちゃダメ！　遅刻するわよ！」

はっとあげた顔の頰には、マヨネーズがついていたのであった。


その日はあいにくの雨模様だったので、瞬太たちは食堂で昼食をとることにした。

瞬太はいそいそと吾郎のお手製弁当をひらく。今日は鶏唐揚げと豆腐ハンバーグと菜の花のおひたしにミニトマトだ。みどり好みのヘルシー路線に、瞬太の好きな鶏唐揚げをたしてあるあたり、吾郎の気配りがうかがえる。

「いただきます」

瞬太の隣で、高坂がラーメンを食べはじめた時。

「高坂先輩」

背後から女子が声をかけてきた。

呼ばれたのは高坂だが、つられて瞬太も振り返る。

「お久しぶりです、王子桜《おうじさくら》中の新聞部にいた白井《しらい》友希菜《ゆきな》です」

おろしたての制服に身を包んだショートカットの女子生徒が立っていた。

「白井さん、飛鳥《うち》に入ったんだ」

「はい。部活はもちろん新聞同好会って決めてます。またよろしくお願いします」

白井は、はきはき言うと、さっと高坂に頭をさげた。

この声。この話し方。この匂いはたしかつい最近どこかで……。

「あっ、もしかして、このまえ陰陽屋に来たお客さん？」

「はい。沢崎先輩がアルバイトをしている陰陽屋さんのことは、高坂先輩が中学時代に賞をとった記事で知って、前々から一度行ってみたかったんです。やっと夢がかないました」

「ああ、委員長の記事か。懐《なつ》かしいな」

高坂が中学三年の時に書いた陰陽屋についての記事は、東京経済新聞の読者投稿スクープ大賞をとったのである。

「って、それより今、沢崎先輩って言った!?」

「はい。沢崎先輩……ですよね？」

「そうだけど、先輩かぁ。なんだか照れるなぁ」

瞬太がもじもじしていると、むかいの席でカレーを食べていた江本がすかさず身をのりだした。

「おれは江本。一応新聞同好会のメンバーだよ。幽霊だけど」

「おれ岡島。同じく幽霊」

「江本先輩に岡島先輩ですね。どうぞよろしくお願いします」

「こちらこそ」

「よろしく」

江本と岡島がほぼ同時に言う。

新聞同好会に春の到来を予感させた瞬間だった。


その日の夕方四時すぎ。

瞬太が陰陽屋へ行くと、例によって祥明は休憩室のベッドで漫画を読んでいた。雨の日はいつにもまして客足がにぶるので、開店休業モードになるのだ。

「あのさ、春休み最後の日に、髪が短い女の子が一人でお守りを買いに来たのを覚えてる？」

ロッカーの扉をあけ、制服から童水干に着替えながら尋ねる。

「うちの店内をやたらにじろじろ見ていた子のことか？」

漫画に視線をおとしたまま、祥明は答えた。

「そうそう、その子。なんと新聞同好会に入ったんだよ。つまりおれの後輩ってことでさぁ」

「飛鳥高校の子だったのか」

「おれのこと、沢崎先輩だって！」

瞬太は嬉しくて、つい、長い尻尾をぐるぐる振り回してしまう。

「落ち着け、毛がとぶだろう」

祥明は顔の前で手を左右にふり、毛を払うしぐさをする。

「ごめんごめん」

謝りながらも、にやけ顔がとまらない。

「まさかこのおれが、先輩って呼ばれる日が来るなんてなぁ」

「わかったからさっさと店の掃除をしてくれませんか、沢崎先輩」

「はーい」

瞬太はほうきをつかむと、尻尾をゆらしながら休憩室からでていった。

四

一週間後。

放課後の教室で、新聞同好会の顔合わせをおこなうことになった。閑散とした二年二組の教室に、一年生たちが集まってくる。

「沢崎、バイトは大丈夫なの？」

高坂の問いに、瞬太は、まかせろ、と、胸をはった。

「今日は三十分くらい遅れるって、昨日祥明に言っておいた」

「そう。じゃあ一年生を紹介する時間はあるね」

白井以外にも、初めて見る顔の男子が三人いる。

「一年生が四人もはいったのか。すげえな」

岡島が感嘆の声をあげた。

「もともと僕たち四人と遠藤《えんどう》さんで五人だったから、全員で九人になる」

隣のクラスの遠藤茉菜《まな》も、ひっそりと教室の隅で顔合わせを傍聴している。ストーカー体質なので、大人数の輪に参加するのは苦手らしい。

「へー、急に人が倍になって、にぎやかになったな」

江本もうかれた様子で、教室内をきょろきょろと見回す。

「同好会から部への昇格も狙えそうだね」

いつも落ち着きはらっている高坂だが、さすがに今日は嬉しいらしく、にこにこしている。部に昇格すれば、生徒会からいくばくかの予算をもらえるのだそうだ。

「じゃあ、まず、自己紹介をして、それから新聞同好会の年間活動目標を決めようか。そのあと、具体的な校内新聞の発行計画と役割分担も。最初に……」

高坂が真面目《まじめ》な話をはじめると、途端に睡魔がおそってきた。まぶたがおそろしく重い。

「沢崎？」

高坂に声をかけられ、瞬太はビクッとして背筋をのばした。眠気に負けそうになったのがばれただろうか。

「あっ、えっ、何!?」

「そろそろバイト行かないでいいの？　もう四時二十分だよ」

「えっ!?」

「沢崎先輩、二十分くらい寝てましたよ」

そう言う白井のノートを見ると、議事録らしきものが二ページにわたってびっしりと書かれている。

「うわ、しまった！」

「がんばって」

「うん、じゃ、また明日！」

瞬太はカバンをかかえると、慌《あわ》てて教室をとびだした。


地下へむかう階段をかけおり、陰陽屋の黒いドアを勢いよくあけると、いつもと違う匂いがふわりとただよってきた。

テーブル席の椅子に、見覚えのある男性客が腰をおろしている。

「雅人《まさと》さん!?」

「久しぶりだな」

クラブドルチェの元ナンバーワンホスト、雅人である。今日は光沢も刺繍《ししゅう》もない、シンプルな黒のスーツに白いシャツだ。

長い脚をゆったりと組み、右肘《ひじ》をテーブルについただけの自然なポーズだが、さすがにさまになっている。

「遅いぞキツネ君。さっさと着替えろ」

祥明に追い払われて休憩室に行くが、キツネ耳の聴覚を使えば店内の会話も聞きたい放題だ。

と言っても、瞬太の聴力は祥明も知っているので、聞かれて困るような話はしないだろうが。

「その後、葛城《かつらぎ》さんとは連絡とれましたか?」

葛城はクラブドルチェのバーテンダーなのだが、三月下旬に突然、行方《ゆくえ》知れずになってしまったのである。

「いや、さっぱりだ」

雅人が苦々しげに答えた。

「もう一ヶ月になりますね」

「ああ。いつまでも無断欠勤というわけにもいかないから、オーナーに頼んで、休職扱いにしてもらった」

「そうですか」

「今のところおれが臨時のバーテンダーをやってるんだが、氷を丸く削るなんて芸当は到底無理だな」

雅人は肩をすくめる。

「捜索願はだしたんですか？　だしたからと言って、そうそう警察は動いてくれないと聞きますが」

「おれも無駄だと思って警察へは行ってない。葛城もいい年した大人だしな。本人が戻って来る気になるのを待つことにした。ただ、おまえには事情を聞いておこうと思って」

「え？」

「おまえが久々にドルチェに来た次の日に葛城が消えたんだ。何か関係あるんじゃないのか、ショウ？」

「あるかもしれないし、ないかもしれない……ですね」

祥明は扇をひらき、あいまいな返答をした。ちなみにショウというのは祥明がクラブドルチェでホストをしていた時の源氏名である。

「心あたりがありそうな口ぶりだな」

雅人は瞬太がだしたお茶を口にふくみながら、さぐるような視線を祥明にむけた。

「実は葛城さんから人捜しの依頼をうけていたのですが、確認したいことがあり、あの夜、ドルチェへ行きました」

「人捜し？　女か」

「それは一応、守秘義務ということで」

雅人は不満そうに鼻を鳴らした。

「で、その女はまだ見つかってないんだな？」

「依頼主である葛城さんと連絡がとれなくなってしまいましたから、中断しています。そもそも手がかりが絶望的に少なくて……」

「ぐだぐだ言い訳してる暇があったら、さっさとその女を捜しだせ。そこから葛城の行き先がつかめるかもしれないだろう。面倒臭いとか言ったらぶっとばすぞ」

「承知しました」

祥明はおとなしくうなずいた。数少ない恩人の言葉には逆らえない。

「さて、そろそろ時間だからドルチェへ戻るとするか。また来るから真面目《まじめ》にやれよ」

「はい」

階段の上まで雅人を見送り、その姿が見えなくなると、祥明はどっと疲れた顔になった。

「結局また人捜しか。うちは私立探偵じゃないんだよ」

「ジロの次は月村《つきむら》さんで、今度は葛城さんか」

月村颯子《さつこ》というのが、葛城に捜してくれと頼まれていた女性の名前である。二十三年前の写真しかない上に、住所も年齢も出身地もわからないというひどく難易度の高い依頼だ。

しかもその二十三年前の写真というのが、真っ黒なサングラス姿なのである。目が大きいのか、小さいのか、たれているのか、つっているのか、さっぱりわからない。そのせいかどうかはわからないが、インターネットの捜し人の告知にもほとんど反応がなかったのだ。

唯一の反応は、高坂に頼んで校内新聞に掲載してもらった写真に対してであった。

たまたま二年生の竹内由衣《たけうちゆい》の家に同じ写真が残っていたのだ。さらに竹内家のアルバムにはもう一枚、月村の写真が残されており、一緒にうつっている男性が竹内の祖父であることが判明した。だが、祖父はもう亡くなっていて、謎の女、月村颯子とどういう関係だったのかはわからない。

「雅人さんのあの口ぶりだと、葛城さんと月村さんの両方を捜しだすまで、赦《ゆる》してくれそうにないね」

「勘弁してくれ……」

祥明はうめくように言って、こめかみを右手で押さえた。

「月村さんといえば、春休み中に竹内さんのお母さんに話を聞きに行きたいねってうちの母さんと話してたんだけど、結局、まだなんだよね」

月村と一緒に写っている竹内の祖父は、酔っ払うとキツネの尻尾をだしていたという話があり、瞬太としては興味津々なのである。

「みどりさんが忙しいのか？」

「うん、最近すごく忙しいんだって。内科と小児科で配置転換があるとか、新人のナースが来るとか、インターンがどうとかぼやいてた」

みどりは王子中央病院の内科に勤務する看護師長なのである。

「四月は年度もかわるし、大変なんだな」

「そうみたい」

「みどりさん抜きで竹内家に行ってみるか？」

「そんなことをうちの母さんが許すと思う？」

「……落ち着いたら教えてください、と、みどりさんに伝えてくれ」

「わかった」

瞬太はうなずいた。

五

翌週の月曜日は、朝から暖かな春の雨だった。雨に洗われたイチョウの若葉が、あざやかな新緑で道路をいろどる。

雨の昼休みの恒例で、瞬太が食堂で吾郎の弁当をひらいていると、五メートルほどむこうからぶんぶん手をふりながら小走りで近づいてきた女子がいた。

「高坂先輩！」

白井である。

「と沢崎先輩と江本先輩と岡島先輩」

「ああ、白井さん」

「えっと、こんにちは」

「やあ、元気？」

「ども」

順に、高坂、瞬太、江本、岡島である。

「体育祭の取材をしてきました。あとで記事をチェックしてもらえますか？」

「早いね」

きつねうどんをすする手をとめて、高坂は答えた。岡島と江本は豚丼である。

「早いだけが取《と》り柄《え》ですから」

白井は、えへん、と、胸をはった。

「沢崎先輩は今日もお弁当なんですね。おいしそう」

「ああ、沢崎の弁当はいつもおいしそうなんだよ。しかも最近、どんどん手がこんできてるしね」

今日の弁当は、ミニハンバーグ、さんまの生姜煮《しょうがに》、きんぴらごぼう、水菜とスモークチキンのあえものである。ちなみにさんまの生姜煮は、みどりが気仙沼の祖母に頼んで送ってもらったレトルトだ。例のDなんとか目当てらしい。ほかにもさんまのみりん干しやさんまの佃煮《つくだに》などが送られてきた上、吾郎がさんまの燻製《くんせい》に挑戦していて、瞬太はここのところさんま三昧なのだが、今のところ頭が良くなった気配はない。

「今日のおかずは地味じゃない？　茶色多いし」

瞬太はミニハンバーグを頬張りながら言う。

「十分おいしそうだよ。あ、顔にソースがついてる」

「えっ、どこ!?」

「待って、ふくから動かないで」

高坂はポケットからティッシュをとりだした。

瞬太の口の右上をさっとふく。

「もう大丈夫」

「ありがと」

クスッと白井に笑われ、瞬太は、しまった、と、思うがもう遅い。

「じゃああたし、これから吹奏楽部の取材があるので失礼します」

白井はさっと頭をさげると、また小走りで去って行った。

「すごいね、あの娘《こ》。入部したばかりなのに、もう一人で取材して記事を書いてるの？」

記事など一度も書いたことのない瞬太は、感心せずにはいられない。

「白井さんは中学でも新聞部だったからね。簡単な紙面レイアウトもできるんじゃないかな」

「へー、そうなんだ！　おれたちは新聞を配るくらいしか手伝えなかったけど、これで委員長も大助かりだね」

「うん、期待してるよ」

高坂はうなずくと、再びきつねうどんをすすりはじめる。

「白井ってさ、委員長のことが好きなんだよな？　目からキラキラビームでてるし」

「えっ⁉」

岡島の発言に瞬太はびっくりして声をあげた。高坂はどうやらうどんが気管に入ってしまったらしく、ゲホゲホむせっている。

「あ、おれもそう思う」

江本は気づいていたらしい。さすが自称恋愛エキスパートである。

「委員長も気づいてたんだろ？」

「……さあ、どうかな。それよりも今月の校内新聞なんだけど」

高坂は水を飲んでなんとか落ち着くと、強引に話題をかえようとした。どうやらこの件にはあまりふみこみたくないらしい。が、遠慮するような岡島ではなかった。

「委員長って彼女いないよな？　白井はどう？」

「うーん……」

高坂は困惑気味である。

「委員長って面食い？　倉橋怜レベルの美人じゃないとだめとか？」

「そういうわけじゃないけど……」

「つきあっちゃえよ！」

岡島、江本、瞬太の三人が無責任にあおると、高坂は小さくため息をついた。

「みんな、どうしてそんなに僕と白井さんをくっつけたがるの？」

「おれは委員長にはいつも相談にのってもらったり、起こしてもらったり、迷惑かけてるから、幸せになってほしいと思って」

瞬太のいつわらざる本心に、高坂は面食らったような顔をする。

「……ありがとう」

「クラスの、いや、学校でも人気男子にカウントされる委員長が身を固めてくれないと、永遠におれたちに女子がまわってこないだろ」

岡島はニヤリとおやじ笑いをうかべた。

「そうそう、委員長に彼女ができたら、あきらめて、他の男子に乗り換える女子もでると思うんだよね」

江本もとらぬ狐《きつね》の皮算用派らしい。

「乗り換えでもいいの？」

「全然問題ないよ」

「結果オーライってやつ？」

岡島と江本はきっぱりと言い切った。二人の迫力に高坂は気《け》おされ、目をしばたたく。

「だから委員長！　白井と！」

岡島はずいっと身をのりだした。

「おれたちのために！」

江本も負けてはいない。

「あー……考えておくよ」

高坂はあいまいな笑みをうかべた。


沢崎家では、四月の半ばにこたつが撤去され、夜もダイニングテーブルで食事をとるようになった。

今夜はチキンカレーとアジのマリネに春キャベツのスープである。

「えっ、一年生から沢崎先輩ってよばれてるの？」

瞬太も大きくなったわねぇ、と、みどりは感慨深そうに言った。

「それもこれも二年生になれたおかげだなぁ」

こちらは吾郎である。

「まあね」

へへへ、と、瞬太は照れくさそうに笑いながらカレーを頬張った。

「あ、母さんはまだしばらく仕事忙しいの？」

「そうね、四月いっぱいは大変そう」

「母さんが忙しいなら、おれ、祥明と一緒に竹内さんの家に行ってこようかな。一番の目的は月村さんの手がかり探しだけど、亡くなったお祖父《じい》さんの話も聞きたいなと思って」

「酔っ払って尻尾をだしてたっていうお祖父さんね！　えー、あたしも一緒に行きたいわ。ひょっとしたら瞬太の遠い親戚かもしれないし」

予想通りの反応である。

「そう言うと思った。落ち着いたら教えてください、って祥明から伝言」

「うーん、今月中にはなんとかなるかしら……？　ううん、するわ！　しないとね！　五月には竹内さんのお祖父さんの話を聞くわよ」

みどりは鼻息も荒く宣言した。


翌日の昼休み。

瞬太は三年生の教室まで、竹内由衣に会いにいった。一学年は六クラスあるので、各教室の入り口で嗅覚と聴覚を全開にして竹内を捜す。こんな時、化けギツネはなかなか便利なのだ。

「あっ、いたいた。この匂いだ」

瞬太が廊下から教室をのぞくと、竹内のきれいな栗色の髪が目に入った。弁当を食べ終わり、友人たちとおしゃべりをしているようだ。窓ごしにふりそそぐ陽射《ひざ》しのせいで、もともと明るい茶色の目が、トパーズのようにきらきら輝いている。

竹内さんのお祖父さんって、酔っ払って尻尾をだしてたんだっけ……。

そんなことを思い出して、瞬太が声をかけそびれていると、竹内の方が気づいてくれた。

「あれ、沢崎君、もしかしてあたしに用？」

廊下まで出てきてくれる。

「あのさ、例の写真の女の人、まだ見つからないんだ。竹内さんのお祖父ちゃんとうつってた月村さん」

「古い写真だし、捜しだすのは難しいよね。お祖父ちゃんに話を聞ければよかったたんだけど、二十年くらい前に死んでるし。母さんにもきいてみたけど、いつどこでとった写真か全然わからないって言ってた。月村さんのことも知らないって」

役に立てなくてごめん、と、竹内は申し訳なさそうに謝った。

「できれば竹内さんのお母さんから直接、お祖父さんの話を聞きたいって祥明が言ってるんだけど。あと、伯母さんがいるんだっけ？」

「ああ、伯母さんなら何か知ってるかな？　伯母さんは母さんより年上だし、お祖父ちゃんのこともよく覚えてると思うよ。たいてい尻尾の話になっちゃうんだけどね」

ふふふ、と、竹内はいたずらっぽい笑みをうかべる。

「その伯母さんって、例の萩本さんのお母さんだよね？」

「そうよ。伯母さんは息子と違って、別に身軽じゃないけどね」

息子の方は入院中、夜な夜な病院の天井裏をこっそり移動してストックルームにしのびこみ、ポテチをつまんでいたという逸話の持ち主だ。通称はポテチの男である。

「おれたちが行く時、竹内さんちにその伯母さんと従兄《いとこ》もよんでもらいたいんだけどいいかな？」

「えっ、伯母さんたちも？　まあ超ハンサムな陰陽師が会いたがってるって言ったら、面白がって来るとは思うけど」

「それでその、一緒におれの母さんもお祖父さんについて聞きたいって言ってるんだけど……」

「お母さんも月村さんを捜してるの？」

「ううん、母さんが知りたがってるのは、尻尾の方」

「ああ、尻尾ね」

そういうことか、と、竹内は納得してくれた。

「そうだよね、沢崎君のお母さんなら、ふさふさの尻尾は気になるよね」

瞬太ははっきり肯定したわけではないのだが、竹内は瞬太が化けギツネだと確信しているようなのだ。

「ひょっとしたら父さんも行きたいって、言いだす……かも……」

ごめん、うちの親、超がつく過保護で、と、ひたすら瞬太は頭をさげる。

「いいけど、いきなり今日とかは無理だよ？」

「今月は母さんが忙しいから、五月かなぁ。ゴールデンウィークはどう？　祝日なら陰陽屋も休みだし」

「わかった。母さんと伯母さんにきいとくね」

竹内はにこっと笑って、うけあってくれた。

六

飛鳥山の大きな藤棚《ふじだな》で、重そうな花房が風でゆれる四月下旬。

「沢崎、もうホームルーム終わったよ」

高坂に肩をゆすられ、瞬太は目をさました。

教室の時計を見ると、もう三時半である。

「あれ？　いつのまに。今度の先生の声、よく眠れすぎて困るなぁ。名前何だっけ？」

「井上先生。そろそろ覚えろよ」

江本が苦笑いで答える。

「沢崎先輩、よだれついてますよ」

白井に指摘され、瞬太はあわてて口のまわりを手の甲でぬぐった。

「今日はこれから校内新聞の編集会議だけど、沢崎はバイトだよね？」

高坂の問いに、瞬太はもう一度時計を確認する。

「急いで行けば十分ちょっとだから、十五分くらいは参加できるよ」

「そう？　じゃあみんな適当に座って」

高坂の指示で、一年生たちも適当にあいている席についた。遠藤は今日の編集会議には参加しないようだ。

「まずは記事の進捗確認から。白井さんはもう体育祭の準備に関する記事は終わっていて、あとは吹奏楽部だっけ？」

「あ、えっと、取材はもうすませたんですけど……」

白井にしては珍しく歯切れが悪い。

「まだ記事におこしてないんだね？」

「すみません、ここ数日、いろいろ変なことがおこって、部活紹介を書くどころじゃなかったんです。ある意味、違う記事のネタに遭遇していたっていうか……」

「変なことって？」

「えーと、その、靴に画鋲《がびょう》、とか」

「えっ⁉」

高坂は驚きの声をあげた。他のメンバーも顔を見合わせる。

「靴をはく前に気がついたから、けがはしませんでした。あと、かばんにムカデはびっくりしました」

「ええええっ⁉」

「よく見たらゴムのおもちゃだったんですけど、ビョーンってとびだしてきた時には本当に生きてるのかと思っちゃいました」

白井は苦笑いで肩をすくめた。

「それはまた古風な嫌がらせだね。中学時代にもそんなことあったの？」

「全然。こんなこと生まれてはじめてです」

「心当たりは？」

「ありません。ただ……」

白井は口ごもる。

「気のせいだと思うんですけど、なんだか殺気を感じるんです……。背後からゾクゾクッと」

「殺気って……」

高坂はあっけにとられて目をしばたたいた。

「気のせいですよね、すみません、忘れてください！」

「あれ？　まえもそんな話を聞いたことある気がするな。何だっけ。たしかそんな霊障相談を店でうけたんだよ。あの時は祟《たた》りだったっけ？　幽霊だったっけ？　それとも呪《のろ》いだったかなぁ」

瞬太が首をかしげると、一年生たちは全員、顔をひきつらせた。

「沢崎、縁起でもない話はやめろよ。白井が怖がってるだろ」

岡島が腕組みをして文句を言う。

「でもさ、殺気はやばいよ。念のため陰陽屋さんでお祓《はら》いしてもらった方がよくない？」

おれは白井を信じるよ、と、さりげなく江本はアピールする。

「えっ、そんな、おおげさな」

「江本の言う通りだよ。どうせこれからバイトだし、一緒に行こう」

「でもお祓いって高いんじゃ……」

「大丈夫、安くしてくれっておれが祥明に頼んでやるよ。先輩にまかせろ！」

瞬太は右手でパンパンと自分の胸をたたいてみせた。よだれがついた顔を見られたばっかりだし、いいところを見せて、名誉挽回《ばんかい》をはかるのだ。

「ありがとうございます、沢崎先輩！」

白井はぺこりと頭をさげる。

「いやいやまあ、これくらい」

瞬太はくしゅっと相好《そうごう》をくずした。

七

瞬太と白井は早速、陰陽屋へむかった。高坂、江本、岡島も一緒である。さすがに新聞同好会全員だと店内がすし詰め状態になってしまうので、白井以外の一年生は置いてきた。

「祥明、お客さんだよ！」

黒いドアをあけながら、瞬太は店の奥へ声をかけた。

「いらっしゃいませ……って、君たちか」

祥明はくるりと背中をむけて、休憩室へ戻ろうとする。

「今日は霊障相談で来ました」

「はいはい、お疲れさまでした」

祥明は高坂の言葉を聞き流そうとするが、そうはいかない。

「みんな、奥のテーブル席で座っててよ。お茶の支度《したく》をしてくるから」

「こら、キツネ君、何を勝手に」

「いいだろ、どうせ暇《ひま》なんだし」

新聞同好会のメンバーは、店の奥にある狭いテーブルを、無理矢理、全員でかこんだ。

「で、相談というのは？」

祥明は面倒臭そうに尋ねる。

「数日前からなんですけど」

白井は順を追って説明した。

「ほー、殺気ですか。それは大変ですね」

祥明は誠意がかけらも感じられない口調で応じる。

「ただの気のせいかもしれませんけど……」

「でも画鋲やムカデは本当なんだろ？」

お茶をだしながら瞬太が補足した。

「あのっ、写真もとってあります」

さすがは高坂の愛弟子《まなでし》、自分が被害者でも写真をおさえることは忘れなかったらしい。

「なるほど」

祥明は銀の扇を頬にあて、軽く首をかしげた。

「画鋲はともかく、殺気といえば、去年、三井さんが被害にあった時と似ているな」

「あっ、それだ！」

瞬太はようやく思い出した。

三井のボディガードを頼まれた時だ。

あの時は三井とつきあっているふりをするために手を握ったことばかりが印象に残っているが、そういえば、もともとの依頼のきっかけは、三井が殺気を感じたことだった。

結局あの時は、三井が倉橋怜と親友であり、かつ、高坂から取材をうけていることに嫉妬《しっと》した人物が犯人だったのだが。

「と、いうことは……」

瞬太が忍び足でドアに近づき、急に開けると、ドア前に制服姿の遠藤が立っていた。さすがはストーカーの中のストーカー。どうやら飛鳥高校から瞬太たちを尾行して、ドアの前で張り込んでいたらしい。

「やっぱりおまえか！」

「遠藤さん⁉」

「くっ」

高坂に見とがめられ、遠藤は、しまった、という顔をした。

「お久しぶりですね、お嬢さん」

祥明は本気とも嫌味ともつかない営業スマイルをうかべる。

遠藤はきびすを返し、階段をかけあがろうとした。だが瞬太が後ろから手首をつかむ。

「放しなさいよ！」

「おまえのしわざなんだろ⁉　なんであんなことしたんだ！　白井に謝れ」

「あたしは……！」

「お嬢さん、ここで逃げだしても、みんなの心証を悪くするだけですよ。どうぞ店内にお入りください」

「……」

祥明にうながされ、遠藤はしぶしぶ店内に入ってきた。

「遠藤さん、一体なぜ白井さんに嫌がらせなんか……」

高坂は困惑をかくせない。

「もしかして、おれたちが委員長に白井とつきあえってすすめたから、それでやきもちをやいた……とか？」

遠藤がちに江本が尋ねる。

「えっ、遠藤って委員長が好きなのか⁉」

瞬太の発言に、コホン、と、祥明が咳払《せきばら》いをした。そうだ、三井の事件の時、祥明が、遠藤の運命の相手は高坂だ、といったようなことを適当にふきこんだのだった。

遠藤本人が無自覚のうちに高坂に好意を抱いていると見破った上での、口からでまかせである。

「おれは気がついていたぜ」

岡島は、フッフッフッ、と、余裕の笑いである。その顔がまたおっさんくさい。

「どうなんだ？」

無遠慮な質問をする岡島を、遠藤はいまいましげににらみ返した。

「どうせ信じてくれないだろうけど、画鋲もムカデもあたしじゃないから」

ムスッとした顔で主張する。

「じゃあ誰がやったって言うんだよ」

瞬太の問いに、遠藤はスッと目を細め、唇をひき結ぶ。

「その子の自作自演よ」

「へ？」

遠藤があごをしゃくった先には白井がいた。

「高坂君の気をひこうとして、その子が自分で仕込んだのよ」

「違います、沢崎先輩、あたしそんなことやってません！」

白井は即座に否定する。

「ええと……」

にらみあう遠藤と白井の間で、瞬太は困り果てた。心の中ではもちろん白井の味方なのだが、遠藤の視線が怖すぎて何も言えない。高坂、江本、岡島の三人も頭をかかえている。

「祥明、なんとかしてよ！」

「は？　これは新聞同好会内の問題だろう？」

「だってもうおれたちの手におえないし……」

「そもそも店長さんが遠藤さんを店内に入れたから事態が悪化したとも言えますよね？」

我関せずと言わんばかりの祥明に、高坂が詰め寄った。

「私のせいだと言いたいのか？　メガネ少年」

祥明は扇を開いて、肩をすくめる。

瞬太は祥明の形の良い耳をぎゅっとひっぱり、顔をよせた。

「そもそもおまえが去年、遠藤さんにあんなことを言ったから、こんなややこしいことになってるんだろ！」

瞬太が小声で文句を言うと、祥明は眉を片方つりあげた。

「忘れたとは言わせないぞ！」

瞬太の苦情に、祥明はうんざりした表情をうかべ、パチリと音をたてて扇を閉じた。これみよがしにため息をつく。

「……犯人を占ってみるか。キツネ君、水盆《すいぼん》の支度を」

「わかった」

瞬太はうなずくと、休憩室で銀色のお盆の準備をし、テーブル席まで運んでいった。

「全員、目を閉じて」

祥明はもったいぶった様子で水面の上に手をかざす。

瞬太以外の高校生たち、特に高坂が目をちゃんと閉じていることを確認すると、ゆるゆると両手を動かしはじめた。

まるで水晶玉を読む占い師のような手の動きだが、これは実はごく細かい金属片をまき散らしているのである。

「泡がたちはじめた……この泡は……」

祥明はいったん、言葉を切った。

「メガネ少年、今回の騒動の原因は君だ」

「えっ⁉」

驚いて全員、目をあけた。

八

水盆をのぞきこむと、たしかに高坂の前ではげしく泡がたっていた。

「本当だ！」

「まさか委員長が白井に画鋲を……ドSだったのか⁉」

江本と岡島が高坂の顔を見る。

「そんなことするわけないだろう！　店長さん、この占いは間違いです！」

「直接手をくだした犯人が君だとは言っていない。この泡は、争いごとの根本的な原因は君に関係があるという意味だろう」

祥明はしれっとした顔でまわりくどい答えをした。

高坂の前ではげしく泡だっているのは、そこに祥明が金属片を多めにばらまいたせいなのだが、そんなことはおくびにもださない。実は、この丸い盆にはってあるのは水ではなく透明な水溶液なので、金属片が化学反応で泡をだしているだけなのだ。

「一体どういう……」

「二年生のお嬢さんが犯人なのか、新入生のお嬢さんの自作自演なのか、あるいはまったく別の犯人がいるのか。いずれにせよ動機は君がらみだ。この騒動を終わらせるためになすべき解決策はただ一つ。君が二人のお嬢さんのうちどちらを選ぶか、はっきり決めることだな」

祥明は扇の先を高坂につきつけた。

「急にそんなこと言われても……」

高坂は珍しく困り果てた様子で口ごもる。

瞬太としては高坂が気の毒でならないが、今回に限っては、祥明の言うとおり、高坂が二人のうちどちらかを選ぶしかない気がする。もっとも白井を選んだら、遠藤の殺意倍増で、大変なことになりそうだが……。

「もしかして二人とも好みじゃないのか？」

岡島が小声で尋ねる。

「年上がいいのか？」

気持ちはよくわかる、と、つけ加えたのは江本だ。

「他に好きな人がいるとか？」

三井だったら困るなぁ、と思いながらも、瞬太は一応尋ねてみる。

「いや、その……」

返答に窮する高坂を見ていたたまれなくなったのだろうか。

「いいんです、高坂先輩の気持ちはわかってるんです」

突然白井が涙ぐんで立ち上がった。

「高坂先輩は沢崎先輩のことが好きなんですよね！」

「えええええっ⁉」

全員、白井の爆弾発言に驚愕《きょうがく》する。高坂本人は金魚のように口をぱくぱくさせるばかりで、言葉がでない。

「だっていつも沢崎先輩の面倒ばかり見てるし！　休み時間もお昼休みも沢崎先輩につきっきりだし！」

「それは沢崎が寝過ごしたり、先生のよびだしを聞いてなかったりするからだよ」

　声がでない高坂にかわって、江本が弁明する。

「委員長は家で妹と弟の世話をするのに慣れてるから、ついつい学校でも沢崎の面倒をみちゃうんだよな」

　だめなやつがいると構わずにはいられない、呪われたお兄ちゃん体質なんだよ、と、岡島が解説した。

「そ、そうだよ、委員長は親切なだけで、おれとは、な、何とも……」

　瞬太も誤解をとこうとするが、困惑と混乱でしどろもどろになってしまう。

「毎日毎日お昼ご飯を一緒に食べてるし！　お弁当のおかずまで知りつくしてるって、どれだけ一緒に食べてるんですか！」

「それは陰陽屋の取材とか。おれが相談にのってもらうこともあるけど……」

「このまえなんか、顔についたソースをふいてもらってましたよね！」

「え、そんなことあったっけ？」

「覚えてないんですか⁉　沢崎さん！」

「う……」

厳しい口調で詰問《きつもん》されて、瞬太の背中をだらだら冷や汗が流れる。沢崎先輩が沢崎さんになっているのは、親愛の情だろうか、それとも、格下げなのだろうか。

「えっと、それは……」

「もういいです！」

白井ははなから瞬太の説明を聞く気などないようだ。

「わかってるんです！　だから、だからあたしは……」

白井はぎゅっと両手を握りしめる。

「白井さん、まさか本当に……」

ようやく高坂が声をしぼりだした。

「あたし、高坂先輩の気持ちを確認したかったんです」

「……自分で画鋲を……？」

高坂の問いに白井は答えず、はらはらと涙をこぼした。

「大丈夫、あたし、そういうのって理解があるほうだし、学校で言いふらしたりなんかしませんから。高坂先輩、キツネ君と幸せになってくださいね！」

白井は店外へとびだし、パタパタと階段をかけあがって行った。いつのまにか遠藤も姿を消している。

陰陽屋に残された男子高校生たちは放心状態である。

「……そういうことだったのか……」

うめくように高坂が言うと、祥明は無言で肩をすくめ、銀の扇で胸もとをあおぎはじめた。

「ごめん、おれ、三井が好きだから、委員長とはつきあえないよ……」

瞬太はあさっての方を見ながら頭をさげる。

「誤解だ！」

めったにない高坂の必死な叫びが店内にひびきわたった。

「僕は別に、白井さんが嫌いでつきあえないわけじゃない。ただ、新聞同好会の女子とは恋愛しないことに決めてるんだ」

「どういうこと？」

「僕が中学一年の時、当時の新聞部の部長が一年生の女子とつきあいだしたんだ。それ自体は別に悪いことじゃない。だけど、その女子が書いた記事が校内新聞に採用されるたびに、部長の彼女だからひいきされてるって陰口《かげぐち》たたかれて、部内の雰囲気がぎくしゃくするようになっちゃって。部長がひとりで編集してたわけじゃないんだけどね。いたたまれなくなったのか、結局その女子は新聞部をやめちゃったんだよ」

「だから部内恋愛は禁止かぁ」

江本は大きな嘆息をもらした。

「あ、でもそれは僕が自分に関して決めているだけで、みんなが白井さんや遠藤さんとつきあっても全然問題ないからね」

「そう言われても、二人とも委員長しか眼中にないだろ」

肩をすくめる岡島に、うんうんとうなずく江本。

「でもさ、二人の気持ちもわかるよ。もしおれが女子だったら、きっと委員長のことを好きになってたと思うんだ。頭いいし、顔まあまあで、面倒見いいし、頼りになるし。彼女よりも校内新聞を大事にしそうなところが玉に瑕《きず》だけど」

恋愛エキスパートの分析に、岡島もうなずく。

「そう言われればおれもかな。宿題うつさせてくれるし」

「おれもおれも。毎日おこしてくれるし」

瞬太も便乗する。

「あ、ありがとう……？」

男子三人にほめられても、嬉しくはなさそうだ。

「委員長は？　もし委員長が女子だったら、おれたち三人の中で誰を好きになってた？」

「え？」

江本の質問に高坂は目をしばたたいた。

「なあ、どうなんだよ？」

三人はにやにや笑いながら高坂に答えを迫る。

高坂は困って、周囲をきょろきょろ見回すが、もちろん祥明は助け船をだしたりしない。

「…………」

その日、高坂は、二度目の絶句を経験したのであった。

九

波乱の一日が終わり、翌日には新聞同好会に平穏な日常が戻ってきた。高坂は時々、ため息をついていたが。

がらんとした教室で瞬太が帰り支度をしていると、三井と倉橋が近づいてきた。

「沢崎君は今から陰陽屋さん？」

「うん。二人は部活？」

「うん。あの……沢崎君、その……」

「高坂とつきあってるって本当？」

三井が言いにくそうにしていると、かわりに倉橋がズバッと尋ねてきた。

「!? !? !? ……違うから！」

「なーんだ」

倉橋は残念そうに肩をすくめる。

「なんだって、何だよ！　だいたい、そんな話どこから……」

「ネットで噂になってるわよ。例によってパソコン部の校内向けホームページ」

「また浅田か～～！」

あいつめ、今度こそキツネパンチだ、と、瞬太は右のこぶしに誓う。

「あそこはガセネタ多いから、今回もそうだろうとは思ってたけどさ。どうせなら本当につきあっちゃえば面白いのに」

他人事《ひとごと》だと思って、倉橋はとんでもないことをさらりと言った。

「えええっ!?」

「春菜だってそう思うでしょ？」

「え、あたしはそんなことは……ちょっぴり思ったけど」

三井は頬に手をあてて、えへへ、と、かわいく笑う。

「三井まで……！」

瞬太は衝撃のあまり倒れそうになる。

「じゃああたしたち部活だから」

倉橋は右手をひらひらさせながら、教室からでていった。

「バイトがんばってね」

三井も小走りで倉橋の後を追う。

この話は高坂にした方がいいのだろうか。しない方がいいのだろうか。

涙目で途方にくれる瞬太であった。

第二話

勝つと思うな、思えば……!?

一

もうすぐゴールデンウィークだ。

今年も飛鳥山《あすかやま》公園の壁面がつつじの濃いピンクにおおわれはじめた。連休後半には壁面すべてがピンクで埋めつくされるだろう。

「桜が終わって、やっと掃除が楽になったな」

陰陽屋《おんみようや》の階段で瞬太《しゆんた》が機嫌よくほうきを動かしていると、王子《おうじ》駅の方角から、よく知っている、力強い足音が近づいてきた。

紺のジーンズに白いTシャツ、短く刈り込んだ髪に太い首、がっしりした肩と厚い胸板、スクワットで鍛《きた》えた足腰。

「瞬太君、今日も頑張ってるな。偉《えら》いぞ」

右手をあげて人のよさそうな笑みをうかべたのは、祥明《しようめい》の幼なじみの槙原秀行《まきはらひでゆき》だった。左手にはコンビニのビニール袋をさげている。

「槙原さん、こんにちは」

「ヨシアキはいる？」

祥明の本名は安倍祥明《あべよしあき》なのだ。

「うん。休憩室で漫画読んでるよ」

「あいかわらずだな」

槙原は階段をおりると、黒いドアを大きく開けはなった。

「おーい、ヨシアキ、いるんだろ？　でてこいよ」

休憩室にむかって声をかけ、勝手に店の奥にあるテーブル席に腰をおろした。

「何の用だ」

几帳《きちょう》のかげから、面倒臭そうな様子で祥明がでてきた。一応、狩衣《かりぎぬ》に指貫《さしぬき》のお仕事スタイルだ。

「仕事を頼もうと思って。まあ座ってコーヒーでも飲めよ」

槙原はコンビニの袋から缶コーヒーをとりだすと祥明に一本手渡した。もう一本は自分用で、瞬太にはジュースである。

「どうせろくな仕事じゃないんだろう」

祥明はブツブツ言いながらも、椅子に腰をおろし、コーヒーのプルトップをひっぱった。

「安心しろ。今回は呪《のろ》いとかお祓《はら》いとかそういうんじゃない。これだ」

そう言って槙原はくるりと後ろを向き、背中を見せた。白いTシャツに赤い文字でくっきりと「必勝」と書かれている。

「すごいセンスだな。どこで買ったんだ、そんなの」

「うちの柔道教室でつくったチームTシャツだよ」

「どうりで」

祥明はあきれ顔でコーヒーを飲みほした。

「で、そのファッションセンスを何とかしてくれっていう祈願か?」

「こどもの日に講道館で少年柔道大会がひらかれるんだ。柔道教室の子供たちも出場することになったから、必勝祈願を頼む。今度の週末あたりに、うちの道場でどうだろう?」

槙原は真剣な面持《おもも》ちで身をのりだした。祥明の嫌味など耳に入っていないようだ。

「断る。おまえの家になんか近寄りたくもない」

「そう言うと思ったよ」

槙原は頭をがしがしかいた。

もちろん祥明が近寄りたくないのは槙原家ではなく、隣の安倍家であり、そこに住む祥明の母だということはよくわかっている。

「じゃあ子供たちを王子まで連れてくるから、ここで祈願してくれよ。それならいいだろう?」

「ここで?　一体何人連れてくる気だ」

「大会にでる子だけだから、補欠もいれて十人くらいかな」

「十人!」

祥明は眉を片方つり上げた。

「槙原さん、いくら子供でも、ここに十人はきついよ」

瞬太も困り顔で言う。

「うーん、やっぱりそうか。保護者もついてくるしな……」

「五人にしぼれ」

「わかった」

祥明の指示に、槙原はうなずいた。

「ところで、なぜ急に必勝祈願なんて言い出したんだ？　去年まではそんなことやってなかっただろう？」

「ずっとうちの道場にある神棚を拝んではいたんだけどさ、もっと本格的に祈願してもらいたいって子供教室のお母さんたちから要望がでたんだ。実はうちの妹が、おまえが今は陰陽師をやってるって口をすべらせたものだから、みんな興味津々でさ」

槙原の妹は昔から祥明の大ファンなのだ。

「なんだ、そういうことか」

「つまり必勝祈願は口実で、ただ祥明に会いたいってこと？」

「いや、切実な人もいる。特に六年生の五木《いつき》君のお母さんは必死だね。柔道推薦で私立中へ進学させたいんだって」

「その子は強いのか？」

「強いよ。中学生とも互角に戦える。ただ、大会の直前になると必ず体調をくずすんだ。全然プレッシャーに弱そうには見えないんだけど、運が悪いのかなぁ」

「うへ。それ、お祓いの方がいいんじゃない？」

瞬太は首をすくめる。

「いや、お祓いをするなんて、運が悪いことを認めるみたいで嫌なんだってさ。あ、本人じゃなくてお母さんがね。おれの印象だと、お母さんの方がピリピリしてる感じかな」

「だから必勝祈願か。どうせ祥明はインチキだから、祈願でもお祓いでも一緒だけどね」

「そうそう。ようは五木君とお母さんが、精神的に安定してくれればいいんだよ。実力さえ発揮できれば勝てる子なんだから。ちゃんと料金は払うから、なるべく盛大に頼むぜ、ヨシアキ」

「とんだバカ親じゃないことを祈る」

祥明はテーブルに頬杖をつき、空き缶を指先ではじいた。

二

まだ四月なのに、晴れた日には初夏のような強い陽射しが屋上にふりそそぐ。長袖の制服だと軽く汗ばむくらいだ。

「今日は夏みたいな空だな。まぶしすぎだろ」

江本《えもと》は目を細めながら、雲一つない青空にむかってぼやいた。

「ごめん、おれが一人でおきられないせいで、ずっと屋上で食べることになって。昨日くらいからやっと、委員長と一緒にいてもからかわれなくなったから、そろそろ食堂でも大丈夫かも」

膝の上に弁当箱を抱えたまま、瞬太はしょんぼりと謝る。

学校中の好奇の視線を避けるため、瞬太たちは今週ずっと、屋上で昼食をとっているのだ。

「別に沢崎のせいじゃないだろ。悪いのは浅田《あさだ》なんだから気にするな」

江本は、ぽんぽん、と、瞬太の肩をたたく。

「それを言うなら僕がつい沢崎をかまっちゃうせいでもあるし。まあこれも貴重な体験だから、そのうちコラムのネタにでもさせてもらうよ」

何せ呪われたお兄さん体質だからね、と、高坂《こうさか》は苦笑いをうかべ、野菜サンドのビニール袋をあける。

「でもさ、まさか三井《みつい》にまで、おれと委員長がつきあってるかきかれるなんて……。

倉橋《くらはし》には、どうせならつきあっちゃえば、なんて言われるし」

瞬太は弁当を開きながら、嘆息をもらした。今日は豆ごはんに、粗びきウインナー、竹の子と野菜の煮物、そしてさばみそフライである。一日一青魚作戦はまだ継続中なのだ。

「女子はそういう設定が好きなんだよ。気にするな」

気落ちする瞬太を慰《なぐさ》めながら、江本はウインナーを一切れ失敬した。もちろん自分は早弁してしまっているので、おにぎりである。今日は肉味噌おにぎりだ。

「だが少なくとも、沢崎の気持ちが三井に通じてないってことははっきりしたな」

「ええっ!?」

豚カルビ巻を食べ終わった岡島《おかじま》の見解に、瞬太は驚愕《きょうがく》した。

「そうか。沢崎が自分のことを好きだって知ってれば、委員長とつきあってるのかなんてきくはずないもんな」

なるほどな、と、江本もうなずく。知っててきいたとしたら相当な意地悪だけど、三井に限ってそれはないだろう、などと、恋愛エキスパートとしての分析コメントを加える。

「そ、そんな……」

「はっきり尋ねてくれた倉橋に感謝しろよ。でないとずっと三井に勘違いされてたかもしれないぜ」

「そうか」

瞬太は心の中で倉橋に手をあわせた後、小さくため息をついた。

「やっぱりちゃんと言わないと通じないのかなぁ……」

瞬太の言葉に、三人は顔を見合わせた。

微妙な空気が流れる。

沈黙をやぶったのは江本だった。

「まあ、あれだよ。そろそろ体育祭の練習がはじまるし、今年こそ得意のスピードやジャンプをいかして三井にアピールしてみたらどうかな?」

飛鳥《あすか》高校では、毎年、六月上旬に体育祭があるのだ。去年は瞬太が熟睡しているうちに終わってしまったのだが。

「そっか！　体育祭は女子と合同だもんな。パン食い競走があればぶっちぎりで一位をとれる自信があるんだけど」

「キツネジャンプとか、ずるくね？　どっちみちパン食い競走はなかったと思うけどさ」

岡島が不満そうに鼻をならす。

「やりすぎて化けギツネだってばれない程度にね」

高坂は注意を忘れない。

「うん。ばれないくらいでがんばる！」

瞬太は意気込んだ。


今夜の沢崎家のメインディッシュは吾郎《ごろう》による自家製ローストビーフである。形はちょっと不格好だが、味はまああだ。

「体育祭って去年もあったの？　聞いてないわよ？」

みどりは茶碗を片手に瞬太を問い詰めた。

「去年は気がついたら終わってたんだよね。それに、平日だから、家族はよばないんだって。文化祭の時みたいにＰＴＡで何か企画したりもしないし」

「ふーん、そうなのか。久々にビデオ係の腕のみせどころだったのに」

「母さんも瞬太の活躍見たいわ」

二人ともかなり残念そうである。

「で、どんなことやるの？　かけっこは当然あるとして、あとはフォークダンスとか借り物競走あたり？　最近はフォークダンスなんてやらないかしら？」

「少なくともパン食い競走はないって言われた。メインは赤団、白団、青団にわかれての応援合戦なんだって。かなり練習するみたい」

「そんなこと言われると、ますます行きたくなるじゃないの。救護テントを手伝うから入れてくださいって頼んでみようかしら」

瞬太はぎょっとした。みどりなら本当にやりかねない。

「高校にもなって親が体育祭に来たがるなんてありえないから絶対だめ。去年の文化祭に父さんと母さんが二人そろって来たのも、すっごく恥ずかしかった」

「男の子って冷たいわよね」

「瞬太もそういうお年頃なんだよ」

どこの子も似たようなものだから、と、吾郎がみどりをなぐさめる。

「文化祭で思い出したけど、萩本《はぎもと》さんのお母さんとは連絡とれたの？」

ポテチの男こと萩本は、入院中ラップ音騒ぎをおこした後、しばらく転居先不明だったのだが、去年の文化祭でみどりと再会したのである。

萩本は飛鳥高校に在学中の従妹《いとこ》から、化けギツネの瞬太の話を聞き、文化祭に見物に来たのだ。というのも、萩本の亡くなった祖父が化けギツネだったと母から聞いていたからである。

後日判明したことだが、この飛鳥高校に在学中の従妹というのが、月村颯子《つきむらさつこ》の写真が家のアルバムにあったという竹内由衣《たけうちゆい》だ。

そこで、どうせ竹内家を訪問して、化けギツネの祖父の話を聞くのであれば、萩本とその母にも同席してもらった方がいいのではないか、ということになったのである。

「竹内さんが連絡してくれた。連休前半はいろいろ予定を入れちゃってるけど、後半ならいいって」

「そう、楽しみね」

にこにこ笑うみどりの顔に、ほんの少し緊張がかいま見えた気がした。

三

連休初日の土曜日に、槙原は子供とその保護者たちを王子まで引率してきた。結局十人以上の大所帯で、狭い店内はすし詰め状態である。

「秀行先生、このお店暗くて怖くて寒いよ」

「必勝祈願が終わったら都電に乗せてやるから、ちょっとの間我慢しような」

「あたしは飛鳥山公園でお団子食べたい」

「雨でも東北新幹線は見えるよね？」

「食べられるし見えるから、店の中ではおとなしくしてるんだぞ」

かれこれ一時間かけて国立《くにたち》から連れてこられた柔道少年、柔道少女たちはすっかり遠足気分のようだ。

朝からあいにくの雨模様だが、そんなことはまったく気にもとめていない。

「いらっしゃいませ、陰陽屋へようこそ」

祥明が白い狩衣に営業スマイルで登場すると、母親たちから、ほう、と、ため息がもれた。

母親たちは必勝祈願よりも祥明に会うことが目的なので、みんな華やかに着飾っている。お化粧もばっちりだ。各種香水の匂いで瞬太は鼻がおかしくなりそうである。

一方、子供たちの間では瞬太の方が人気だ。

「こいつ、もふもふの猫耳だ！」

「尻尾《しっぽ》ふっさふさじゃん！　さわらせて〜！」

「あっ、ひっぱっちゃだめだよ！」

いかに俊敏な瞬太とはいえ、狭い店内でギャングたちの魔の手から逃げるのは大変である。

うかれきった一行の中で、ひときわ目立つ大柄《おおがら》な少年がいた。

「秀行、あのでかい男子は？」

「あの子が例の、柔道推薦を狙っている五木琉架《るか》君だ」

「るか？　日本人だよね？」

瞬太はつい問い返してしまう。

「えーと、きっと赤ちゃんの時は愛くるしかったんだよ」

槙原は苦しい説明をする。

「見る影もないな」

祥明は扇《おうぎ》をひらいて、こっそりつぶやいた。

五木琉架は小学生でありながら身長百六十センチを超えている。体重は八十キロくらいだろうか。髪型は古風な五分刈りだ。だが体格のわりに妙に童顔で、つぶらな瞳にふっくらしたピンクの頰《ほお》をしている。

「五木君の隣に立っている、紺のスーツの女性がお母さんだ」

母親は四十歳前後だろうか。母親たちの中では一人だけ地味な服装で、緊張した面持ちをしている。

「その隣のダークスーツがお父さん、それからお祖父《じい》さんたちにお祖母《ばあ》さんたちだ」

「えっ、あの四人は全員、五木君のお祖父さん、お祖母さんたちなのか？」

「そうなんだよ」

祥明が驚いて尋ねると、槙原は困り顔でうなずいた。

五木琉架の両親はともに一人っ子。そして琉架も一人っ子。つまり、四人の祖父母にとって、琉架はただ一人の孫なのだという。

「陰陽師《おんみょうじ》さん、よろしくお願いします！」

「なにとぞ琉架を勝たせてやってください」

「はあ……」

おそろしく真剣な六人の保護者たちに取り囲まれ、祥明も戸惑い気味である。

「ちょっと陰陽師さん、こちらへ」

「え、しかしこれから……」

「まあまあまあ」

父方の祖父を名乗る大柄な男性が、祥明を強引に几帳のかげまで引っぱって行った。

「ほんの気持ちです。孫のことをよろしくお願いします」

小さな紙包みをさっと祥明の右手にねじこむ。

「頼みましたよ」

祥明の右手を、肉厚な両手でぎゅっと握ると、祖父はそそくさと離れていった。白い包み紙をひらくと、中には現金が入っている。特に孫のことを念入りに祈願してやってくれということらしい。

「あの、陰陽師さん」

背後から声をかけられて、祥明はとっさに狩衣の袖《そで》に紙包みを押し込んだ。

「わたくし、五木琉架の祖母でございます」

今度は母方の祖母らしい。顔立ちが母親とよく似ている。

「今日はどうぞよろしくお願いします」

ハンドバッグから小ぶりの祝儀袋《しゅうぎぶくろ》をとりだして、祥明にさしだす。またも現金のようだ。

「おまかせください」

祥明はさわやかな笑顔で受けとる。

槙原は母親がピリピリしているのを心配していたが、祖父母たちの気合いの入りっぷりも尋常《じんじょう》ではない。そもそも他の子供たちの付き添いはみな母親だけである。付き添いなしの子も一人いるのに、五木家は両親と祖父母と総動員なのだ。

保護者たちの気持ちを知ってか知らずか、本人はいたってのんきなものである。

「五木君は団体戦と個人戦の両方にでるの？　すごいね」

瞬太が言うと、柔道少年は、あはは、と、明るく笑った。

「柔道推薦で体育大学の付属中に行くためには一回でも多く勝たないと、って、ママがうるさいんだよ。僕は市立の中学でいいんだけどさー。ところで飛鳥山のお団子はみたらし団子と草団子のどっちが美味《おい》しいの？」

たしかにプレッシャーに負けて体調を崩すような繊細な性格には見えない。

「それではみなさん、祭壇《さいだん》の方をむいてください」

祥明はお客さんたちによびかける。

「祭壇ってどれ？」

「あの神棚みたいなやつだよ」

「はーい」

さっぱり落ち着きのない団体を相手に苦戦しつつも、祥明はなんとか必勝祈願をおこない、つとめをはたした。

「ありがとうございました！」

「秀行先生、次は飛鳥山だよね！」

「SL乗りたい〜」

「みんなはぐれないようにな。じゃあヨシアキ、また来るから」

少年少女とその保護者たちが王子観光にくりだしていくのを見送ると、はー、やれやれ、と、祥明は右手で左肩をほぐし、首をまわした。

「今日は大会にでる子だけだったけど、柔道教室には大勢の子供が通ってきてるんだよね。槙原さん、いつもあんなにぎやかな子供たちの相手をしてるなんて大変だな」

瞬太も、うーん、と、両腕をのばす。

「しかし五木家の気合いの入りっぷりはすごかったな。両親と祖父祖母《じじばば》四人がくっついてくるなんてやりすぎだろう」

「きっとゲームもお菓子も、これ欲しいって言ったら何でも買ってもらえるんだろうな」

瞬太がうらやましそうに言う。

「おまえにだってお祖父さんとお祖母さんはいるだろう？」

「谷中《やなか》のばあちゃんは全然おれに甘くないよ。従兄《いとこ》たちにもだけど」

関西に嫁《とつ》いだ吾郎の姉には、男の子が二人いるのだ。

「初江《はつえ》さんはいかにも江戸っ子って感じの人だからな。孫にでれでれするお祖母ちゃんなんて格好悪いと思ってるんじゃないか？」

「気仙沼のじいちゃんとばあちゃんはたまにしか会えないから、谷中のばあちゃんよりは甘いけど、他にも孫がいるし、五木君みたいにめっちゃ大事にされたりはしないよ」

みどりにも姉が二人いて、それぞれに子供がいるのだ。

「そのくらいで丁度いいんじゃないか？　五木家は孫をかまいすぎだろう。五木君は幸せそうに見えて、案外、しんどいかもしれないぞ」

「そういうものかぁ」

瞬太は首をかしげた。

四

必勝祈願の翌日。

日曜日の常《つね》として、祥明が昼まで惰眠《だみん》を貪《むさぼ》っていると、槙原からの電話でたたきおこされた。

「秀行、今、何時だと思って……」

「もうすぐ正午だ。そろそろおきろよ」

「……まだ正午、だろ……」

かすれ声での抗議を無視して、槙原は用件をきりだす。

「五木君が早々と体調を崩したんだ。胃腸がキリキリ痛むらしい」

「あー……？」

ようやく祥明はベッドの上で身体《からだ》をおこした。顔にかかった長い髪をかきあげる。

「金は返さないぞ。そもそもまだ一円も受け取ってないし」

「すまん、大会前は何かと物入りなんだよ。終わったら払いに行くから」

電話にむかってぺこぺこ頭をさげている槙原が目にうかぶようだ。

「少年柔道大会はこどもの日だったな？」

「うん。まだ一週間あるから、それまでに回復するといいんだが。やっぱりおかしいよ。昨日まであんなに元気だったのに。呪われてるとしか思えない」

「おいおい、呪いなんて本気で言ってるのか？」

「言いにくいんだが……世の中にはごくまれに、その、わら人形を木にうちつけちゃう人とかいる、だろ？」

遠慮がちな槙原の言葉に、祥明は顔をしかめた。

「……母はたしかに呪いたがりだが」

祥明の母、優貴子《ゆきこ》は昔、神社の大木にわら人形を打ちつけて、犬のジョンが病気になるように呪ったことがある。つい昨年も、槙原家の敷地に鏡や人形を埋めて、呪詛《じゅそ》騒ぎをおこしたばかりだ。もっともこれは祥明を国立に来させるための偽装で、本気ではなかったようだが。

「いや、もちろん、優貴子おばさんが五木君を呪うわけないよ。会ったこともないはずだし。ただ、東京都民の中に、あと一人くらい呪い好きな人がいてもおかしくはないだろう……？」

「東京には一千万以上の人間が住んでいるからな」

答えながら祥明は小さくため息をついた。

文学的な想像力など皆無の幼なじみが、呪いだけは信じているふしがある。それもこれも自分の母親のせいだと思うと、不憫《ふびん》でならない。

「特に五木君は優勝候補の一人だから、ライバルやその親が呪いをかけている可能性だってあると思うんだよ」

槙原の声はかなり真剣味をおびている。

「お祓いは母親が反対してるんじゃなかったのか？　それともついに、お祓いが必要だって言いだしたのか？」

ちょっとは落ち着け。

祥明は心の中で舌打ちをする。

「いや、今回おまえに期待しているのは、お祓いとか呪い返しとか、そういう陰陽師らしい仕事じゃない」

「じゃあ何だ？」

「呪いをかけている犯人を捜し出して、正々堂々と勝負するように説得してほしいんだ。おまえは頭がよくて、口がうまい上に、呪い関係は経験豊富だろ？」

「………まあな」

槙原の言葉にかなりのひっかかりは覚えたが、祥明はしぶしぶ呪いの犯人捜しを行うことになった。

連休谷間の月曜日は、気持ちの良い快晴だった。さわやかな風が校庭の若葉をさらさらならしながらかけぬけていく。

体育の授業は、期待通り、男女合同での体育祭の練習となった。

三井の体操服姿がまぶしすぎて、さすがの瞬太も居眠りどころではない。

今年の応援合戦は、女子たちがチアガール風のダンスを披露することになったのだが、滅多に見られない、とんだり跳ねたり回ったりする三井の姿が実に可憐《かれん》なのだ。さすがにミニスカートのユニフォームまでは着ていないが、両手のポンポンが楽しげな音をたてている。

「先に言っとくけど、耳、気をつけろよ」

「う？」

江本にひじでつつかれ、瞬太は思わず両手で耳をおさえた。まだ大丈夫だ。

残念ながら女子の体操服は短パンではなくハーフパンツなので、いつものスカートよりも脚が隠れているくらいだ。だが、もしこれが二十世紀では普通だったというブルマーだったら、一瞬にして化けギツネに変身した上、鼻血を流していたかもしれない。ハーフパンツでよかった、と、しみじみ思う。

「男子も何かやるんだっけ？」

「今年はレトロ応援団だよ。何人かがでっかい旗をふって、フレーフレーってやるやっ」

「振り付けとかある？」

おれ、覚えられるかなぁ、と、瞬太は心配そうな顔をする。

「まわりと同じことやるだけだから、おれたちは覚えてなくても平気かな。委員長は応援団長だから別だけど」

江本の言葉に高坂は憂鬱《ゆううつ》そうな顔をした。

「うわ、団長は大変そうだな。でも団長って、普通、体育会系の男子がやるもんじゃないの？」

「今年はくじ引きだったんだ」

高坂はいつになく沈んだ声である。

「そ、そうなんだ」

「旗手があたった浅田なんか、露骨《ろこつ》に嫌がってたな」

「似合わなそうだね」

瞬太が寝ている間に教室でドラマがあったらしい。

「団長だと、覚えることいっぱいあるの？」

「それなりにね。暗記系は得意なんだけど、いろいろ時間を拘束されるから、取材に専念できないのが痛いかな」

「取材かぁ。そういえば一年生の白井《しらい》はその後どうしてる？」

「いろんな部の取材をがんばってくれてるよ。時々僕のことを遠い目で見るけど」

「まだ沢崎《さわざき》とカップルだって思われてるのか？」

「……」

遠慮のかけらもない岡島の問いに、高坂は無言で、脱力感あふれる笑みをうかべた。

「ところでやっぱりパン食い競走はないんだよね？」

「ないね。男子は百メートル走と騎馬戦。女子は騎馬戦のかわりに借り物競走だったかな。あ、そういえば沢崎は足が速いから、クラス対抗リレーの選手にも入ってたよ」

江本の言葉に、瞬太は慌《あわ》てふためく。

「ええっ、選手!?　おれ、そんな責任重大なの困るよ。おきていられるかな」

「三井にいいとこ見せるんじゃなかったのか？」

「！　そうだった！」

「正体がばれない程度にね」

「そ、そうだった」

 よし、と、瞬太は胸の前でこぶしをにぎり、ファイティングポーズをとった。生まれてはじめて本気で体育祭にいどむ決意をしたのである。


その日の午後四時すぎ。

いつものように瞬太が陰陽屋に着くと、祥明は休憩室で通話中だった。瞬太の顔を見ると、ありがとうございます、と、電話をきる。

「キツネ君、仕事だ。着替えながらでいいから聞け。昨日、秀行から連絡があった」

祥明は槇原からの依頼内容を説明した。

「というわけで、呪詛の犯人を見つけて、説得してほしいそうだ」

「小学生が小学生に呪いをかけるなんてこと、本当にあるのかなぁ」

高校の制服から童水干《わらべすいかん》に着替え、化けギツネに変身しながら、瞬太は首をかしげる。

「ないだろうな。だが、試合のたびに五木君が体調を崩している原因が、呪詛でも、精神的な弱さでもないとすると、残るは、一服《いっぷく》盛られているということになるだろう？」

祥明が扇で口もとをかくしながら言うと、瞬太はぎょっとした。

「一服って、毒ってこと!?」

「毒物なんか使わなくても、下剤で十分だろう。子供でも簡単に手に入るし。秀行としては、一服盛る子がいるなんてことは想像するのも嫌だから、呪いだと思いたいんだろうさ。いや、でも、あいつは何だかんだで呪いを信じているふしもあるが……」

「呪詛か薬かぁ。どっちがましなんだろ。なんだかホラーな話になってきたな」

ふさふさの尻尾が落ち着きなく動く。

「まあ、形だけでも、一通り原因究明らしきことをすれば秀行の気もすむだろう」

「原因究明って……国立の道場まで行くの？」

「問題はそこだ。何せ国立には恐ろしい妖怪がいるからな」

もちろん祥明の母、優貴子のことである。

自分のお母さんのことを妖怪よばわりするなんて、と、祥明を責めるような真似《まね》は瞬太もしない。瞬太自身も何度か優貴子に捕まえられそうになって、その恐ろしさは身にしみているのだ。

「とはいえ、大会前で猛稽古《もうげいこ》をしている子供たちに、もう一度、王子まで来いと言うわけにもいかないだろう。しかも理由が呪詛疑惑ではな」

「おれも行かなきゃだめ？　槙原さんの役には立ちたいけど……」

三角の耳は下をむいてしまっている。

「安心しろ。母を国立から追い払うために一計を案じた」

「へ？」

「どうやら母はインターネットでおれのリアルタイム情報を収集しているらしい。三月にクラブドルチェへあらわれた時もネットのつぶやきを見てかけつけて来たと言っていたしな」

「へ、へぇ……」

やっぱり変な親子だな、と、瞬太はあらためて思う。

「で、燐《りん》に頼んで偽《にせ》情報を流してもらうことにした。ちょうど明日からドルチェのメンバー全員でバンコクへ遊びに行くって言うから、おれも一緒だってネットでつぶやいてもらったんだ」

「祥明は東京にいないって思わせて、お母さんを油断させるってこと？　でも槙原さんの道場は隣だし、ばれたらすぐにとんで来るんじゃないかな」

「いや、さっき祖父から電話がかかってきた。母が突然スーツケースに荷物をつめこんで、旅支度をはじめたそうだ。執念で明日のバンコク行きチケットも確保したらしい」

「えっ、バンコクまで追いかけようとしてるってこと？」

油断どころか、テンションあがりまくりらしい。すさまじい行動力である。

さっき祥明が話していた相手は、祖父の安倍柊一郎《しゅういちろう》だったのだ。

「母は祖父母から、絶対に王子の、特に陰陽屋の周辺には近づかないように厳しく言い渡されている。でないと、今度こそおれが行方《ゆくえ》をくらましてしまい、連絡がつかなくなるだろう、と、脅《おど》されているんだ」

「それで最近、王子には来なくなったのか」

「だがバンコクならいいはずだ、と、考えたんだな」

「自分の息子を追って外国まで行くって……」

あいかわらず、常軌を逸《いっ》した溺愛ぶりである。

「まったく呆《あき》れるやら恐れ入るやら。だがこちらの思うツボだ。おかげで当分の間、母はバンコクで足止めのはずだから安心しろ」

「わかった」

瞬太は耳をピンと伸ばしてうなずいた。

五

翌日、祥明と瞬太は電車を乗りついで国立にむかった。火曜日だが祭日なので、陰陽屋も高校も休みなのだ。

槙原家の敷地内にある道場は、その名も槙原道場という。秀行の曾祖父が建てたもので、小さいが古めかしい、立派な道場だ。

「久しぶりだな、槙原道場」

「祥明はここで柔道を習ってたんだっけ？」

「まあな」

入り口から中をのぞくと、白い柔道着を身につけた子供たちが二十人ほどいた。みんな体育座りで膝をかかえ、槙原の父の話を聞いているようだ。先日陰陽屋に来た五人の子供たちもいる。

「あれ、洋服だけど、土曜日の陰陽師さん？」

目ざとい女の子が、入り口からのぞいている祥明を見つけて声をあげた。

「わっ、今日は真っ黒だ！」

「ホストみたい！」

「こっちのお兄さんは今日は耳も尻尾もつけてないのかよ。つまんねーの」

あいかわらず落ち着きのない子供たちは、わっとさわぎだす。

「こらっ、静かに話を聞きなさい！」

槙原の父に大声で叱《しか》られ、一応静かにはなったが、やはり二人のことが気になるらしく、みんなちらちら視線を送ってくる。

「遠い所、すまないな」

槙原は声をかけると、二人を道場の隅《すみ》に連れていった。

「お隣にはもう顔をだしてきたのか？」

槙原家の隣は安倍家である。

「いや、万が一にも監視カメラを仕込んでないとは言い切れないから、念のため、あの家には近づかないことにしている。油断大敵だ」

「すごい警戒ぶりだな。おまえがうちまで来ておきながら顔をださなかったって知ったら、お祖父さんもお祖母さんもがっかりするんじゃないか？」

「母の飛行機が離陸したことが確実になったら行くさ。荷物持ちでお伴《とも》をさせられている父が、こっそり連絡をくれることになっている」

「おじさんも大変だな」

槙原は首をすくめた。

「それで、五木君は？」

「まだ体調が悪いらしくて、今日も休んでる」

「もしこのまま五木君の体調が戻らなかったら、かわりに出場する子は決まっているのか？」

「補欠登録している子は何人かいるけど、たぶん、一番調子がいい六年生の中嶋《なかじま》君かな。あの、ちょっと髪の長い男の子だ」

槙原は柔道少年にしてはやや長めの髪の子を指さした。よく陽焼けしていて背が高く、ちょっとマッチョなサッカー少年といった雰囲気である。

「あの子をよんでくれ」

「わかった」

ちょうど子供たちは稽古前の柔軟体操に入ったところだった。

「何ですか？」

よばれた少年は物珍しげに祥明を見上げる。

「こちらは陰陽師の安倍、えーと、祥明さんだよ」

槙原は少年に祥明を紹介した。名字のあとに「えーと」が入ったのは、ヨシアキと言いそうになったのだろう。

「ああ、このまえみんなが必勝祈願に行ったっていうお店の？」

「はじめまして。中嶋君は今度の大会に五木君のかわりにでるかもしれないって聞いたから、追加の必勝祈願をした方がいいかなって秀行先生と相談していたんだよ」

「え、僕？」

「君だよ。大会で勝ちたいだろう？」

「んー、そうでもないかな」

中嶋は長めの髪をもてあそびながら、考え込むそぶりをみせた。

「え？」

「そろそろ中学受験にそなえてまじめに勉強しろってママがうるさいから、正直、柔道はほどほどでいいかなって。今日もこのあと塾だし」

「少年柔道大会で活躍すれば、柔道推薦で私立中学に行けるんじゃないの？」

　祥明の問いに、中嶋はフッと大人びた笑みをうかべる。

「うちは開業医だから、僕は医学部に入らないといけないんだよ。柔道推薦で入れる医大付属なんてあると思う？　まあ陰陽師なんてフリーダムな職業の人にはわからないだろうけどね」

「……いろいろ大変なんだね」

　祥明の答えが三秒遅れた。心の中では小生意気な子供に毒づいているに違いない。

「大会にでることになったら、それなりにがんばるつもりではいるけど、僕のために追加の必勝祈願をするくらいなら、五木君が早く元気になるように病気回復祈願をしてあげてよ」

「わかった」

「じゃ」

中嶋はさっさと柔軟体操の輪に戻っていった。

「あの子は違うな。全然大会にでたがってない」

「そうだな……」

槙原は寂しげな顔でうなずく。

「他の補欠は？」

「えーと、大川君《おおかわ》かな」

槙原がよんできたのは、いまどき珍しい、いがくり頭の純朴そうな男子だった。

「え、今度の少年柔道大会ですか？」

「うん、勝ちたいよね？」

「う……。秀行先生、すみません！」

少年は突然、いがくり頭をがばっとさげる。

「えっ!?」

「自分は連休後半は家族で大阪に行く予定なんです。ＵＳＪ初めてだし、すごく楽しみにしてるんだけど、大会にでることになったら、早めに切り上げて東京に戻ってこなきゃいけないから、正直、困ります」

「ええっ⁉」

「柔道はすごく好きだし、練習ずっと頑張ってきたけど、でも、自分はどうしてもUSJに行きたいんです！」

「そ、そうか……」

「すみません！」

大川もそそくさと稽古に戻ってしまった。

「他には？」

「えーと、野口美歩《のぐちみほ》ちゃんかな」

今度は気のよさそうな大柄な女子だった。左右の耳の下で髪をくくっており、肩幅は男子たちとほぼ同じくらいある。

「えっ、あたしが大会にですか？　ええっ、どうしよう、考えてもいなかったんですけど」

「あくまで、もしかしたら、っていう話なんだけど、中嶋君も大川君も都合が悪いみたいなんだ。だから美歩ちゃんにでてもらう可能性もある」

「そうなんですか⁉　えーっ、どうしよう」

野口は大きな両手でふくぶくしいほっぺたをはさんだ。

「講道館だし、テレビ局の取材とかあるかもしれませんよね？　やだ、リボン決めなきゃ。あっ、シュシュの方がいいかな⁉　パパとママもあたしが大会にでるなんて夢にも思ってないから、きっとびっくりするだろうな～」

「美歩ちゃん……必勝祈願は……？」

槙原が尋ねると、少女はハッと表情をひきしめた。

「あっ、そうですよね！　優秀選手に選ばれたら、インタビューされる確率もあがりますよね！　テレビにうつりたいし、ぜひお願いします」

「じゃあ、後でね」

「はいっ」

野口はすっかりうかれきった様子で練習に戻っていった。今にも踊りだしそうな、ふわふわした足取りである。

「子供教室もいろいろ大変なんだね」

瞬太は心底から槙原に同情した。

「少なくともおまえの教え子たちはみんな、呪いとは縁遠そうだよ。喜べ」

「そ、そうだな、は、はは……」

あまり嬉しくなさそうな表情で、槙原は乾いた笑いをうかべる。

「ついでに言えば、保護者たちもシロだろう。最初の子の親は、受験勉強に専念させたがっていて、柔道大会になんかだささせたくない。当然五木君を呪うはずもない」

「そうだな」

「二番目の子の親も家族旅行を楽しみにしている。三番目の子の親は、娘が大会にでるなんて夢にも思ってない」

「うーん……。あっ、そうだ、この道場に悪い霊がついてるってことはないか!?」

槙原は苦し紛《まぎ》れに妙なことを口走りだした。

「はあ？　悪霊《あくりょう》？」

「って、ヨシアキにそんなのわかるわけないよな」

「それは……」

祥明はちらりと瞬太に目で尋ねた。瞬太は霊的なものを嗅《か》ぎつけることができるのだ。

瞬太は大急ぎで頭を左右にふる。

「常識で考えろ。そもそもこの道場に悪霊がとりついているんだったら、五木君ひとりが体調を崩すなんておかしいだろう」

「そうか。でも、じゃあなぜだ？　なぜ五木君はいつも試合のたびに体調が悪くなるんだ？」

「それは客観的に考えて、おそらく……」

　一服盛られている、と、祥明が言おうとした時。

「そうか、わかったぞ！　道場じゃなくて、五木君の家が呪われてるんだ！　そうだろう⁉」

　槙原は自信満々である。

「はあ？」

「庭に鏡とか人形とか埋《う》められてるんじゃないか？」

「いくら事実を直視するのが怖いからといって……」

　二十一世紀に呪詛などありえない、と、言いかけて口をつぐむ。

　いるのだ。他人の庭に鏡を埋めるようなはた迷惑な人間が、少なくとも一人は。とりあえず今はバンコクへむかっているはずだが。

「すぐ近所だから、ちょっと二人で見てきてくれよ。な！」

「五木家は呪われてなどいないと思うが」

祥明は黒いてらてらした服の肩をすくめた。

六

槙原が描いたおおざっぱな地図をたよりに、二人は五木邸にたどりついた。

二世帯住宅なのだろう。一階と二階それぞれにドアがあるが、表札は両方、五木である。

まあまあ広い庭には、背の高い樹木のまわりにブルーベリーやばら、雪柳《ゆきやなぎ》、チューリップなどが所狭しと植えられていて、ちょっとした公園のようだ。

「どうだ？　何か霊的な気配は感じるか？」

祥明にきかれて、瞬太は鼻を全開にした。

「全然感じない。花とか、土とか、ペンキとか、普通のニオイだけだね」

「じゃあ霊障はなし、と。次は呪詛か。庭に鏡とか人形とか、何かあやしげなものが埋められていないか、ニオイでわかるか？」

「埋まっているものまではここからじゃわからないな。近くまで行って確認すれば何かあるかもしれないけど、勝手に入るのはまずいよね？」

「どうせ何も埋められてないから、そこまで気にすることはない」

勝手に決めつけると、祥明は門扉の脇につけられたチャイムを押した。インターホンごしに話しかける。

「陰陽屋の店主、安倍祥明です。秀行先生の依頼で、病気平癒《へいゆ》の護符を持参しました」

「えっ、土曜日の陰陽師さんですか!?」

玄関にでてきたのは母親だった。前回は紺のスーツだったが、今日はゆったりしたパンツにブラウスという普段着である。

「息子さんの様子はいかがですか？」

「いつもの胃腸薬を飲ませたらだいぶ楽になったようなんですけど、念のためお稽古は休ませています」

「そうですか。では大会当日までには全快しそうですね」

「だといいんですけど」

少年柔道大会まであと六日もあるというのに、母親の表情はさえない。

「秀行先生の話だと、これまでも試合のたびに体調を崩してきたとか。さぞご心配でしょう」

「そうなんです。たいてい試合の前日か、当日にお腹が痛くなって、ひどい時には下痢まで。ああ見えてストレスに弱いんでしょうね。胃腸薬を飲ませれば二、三日で治るんですけど、また直前にぶり返したらと思うと心配で……」

「ということは、試合の一週間も前に腹痛をおこしたのは今回が初めてなんですか?」

「ええ。推薦入学のために絶対勝たないとっていうプレッシャーのせいだと思います」

母親は嘆息をもらした。

急にお腹が痛くなったのは日曜日。ということは、土曜日、みんなで王子に来た時に一服盛られたのだろうか……?

瞬太はちらりと祥明の横顔をうかがうが、祥明は平然としたまま表情を崩していない。

「息子さんは今、ご在宅ですか？　念のため、祈禱《きとう》をさせていただきたいのですが。もちろん料金はいただきません。必勝祈願のアフターサービスです」

「えっ、でも、散らかってますから困ります」

「二、三分ですみますから」

祥明はここぞとばかりに顔を近よせ、目を見つめた。もちろん手も握る。

得意のホスト商法発動だ。

こうなったら相手は蛇ににらまれたカエルである。

「あ、あの……」

「息子さんの将来をかけた大事な試合です。ぜひ本人のためにお願いします」

意味もなく声をひそめ、耳もとでささやく。

「そうまでおっしゃるのでしたら、お願いします……」

ぽーっと上気した顔で母親は答える。

「ありがとうございます」

「こちらへどうぞ」

二人は二階の廊下つきあたりにある子供部屋へ通された。

南向きの大きな窓から庭が見える、明るい部屋だ。ちょうど窓からはピンクのばらが見える。

瞬太はぐるりと部屋を見回してみたが、あやしげなお札《ふだ》や神棚のたぐいは一切ない。

柔道少年はパジャマ姿でベッドに寝転んだまま、携帯ゲーム機で遊んでいた。特にやつれてはいないようだが、ほっぺたのつやつや感が少し失われたかもしれない。

「五木君、大変だったね。お腹の具合はどう？」

「薬飲んだし、もう大丈夫だよ」

「そうか。念のため、病気が早くなおりますように、って、祈禱をしておくね」

「うん」

祥明はベッドの脇で、短い祭文《さいもん》をろうろうと唱《とな》えた。

が、ホスト服のままなので、さまにならないことはなはだしい。

簡単な祈禱の後、祥明は少年に向き直った。

「早くよくなるといいね」

「ありがとう」

「ところでお腹が痛くなったのは、日曜の朝から？」

「うん、そうかな」

「土曜日、つまりみんなで王子に来た日だけど、他の子から食べ物や飲み物をわけてもらったりしなかった？」

　祥明はさりげなく犯人捜しをはじめている。

「ううん」

「じゃあ、他の子のお母さんたちから何かもらったとかは？」

「ないよ」

「そうか」

「あの、陰陽師さん、今の質問はどういう……？」

　母親はけげんそうな表情で尋ねた。

「ああ、いえ、お腹にくる風邪だったら他の子からウイルスをもらった可能性もあるなと思いましたので一応。でも今のところ、風邪の兆候はないようですね。鼻水も咳《せき》もないようですし」

　さすが祥明。さらさらともっともらしい説明をつける。

「そうですか」

「それでは私たちはこれで失礼します。どうぞお大事に」

「ありがとうございました。ほら、琉架も」

「ありがとう」

母親に言われて、少年もぺこっと頭をさげた。早くゲームを再開したくてうずうずしているのだろう。「やっと帰ってくれるのか、やれやれ」と、顔に書かれている。

玄関ドアを閉じると、祥明は数歩後ろにさがった。もう一度家屋と庭をしげしげと眺める。

「あのピンクのばらの前が子供部屋か」

「うん。窓から見えてたね」

「キツネ君、まさかと思うが、あの部屋、あるいは、五木君に何か取り憑《と》《つ》いている気配はなかっただろうな？」

「全然なかったよ。家の中でも、変な感じはしなかった。ただ……」

「どうかしたのか？」

「土曜日も、今日も、あの子からトンカツの匂いがした。ほぼ毎日トンカツなのかな？　よく飽きないなぁ」

「腹痛で寝込んだばかりなのにトンカツ？　どういう食生活だ」

祥明は眉を片方つりあげた。

「柔道推薦がどうのこうのと言っておきながら、母親は体調管理に無頓着《むとんちゃく》なのか？いや、そんな基本的なことをあの口うるさい秀行が親に指導していないはずはないが……」

ブツブツ言いながら、勝手に庭に足を踏み入れる。

「おい、祥明、いいのか？」

「あの母親なら、ばらに見とれたって言えば大丈夫だろう」

「本当か？」

首をかしげながら瞬太も続く。

「どうもあの子供の様子が腑《ふ》に落ちない」

二人はしゃがんで、窓ガラスごしに柔道少年の様子をうかがった。案の上、ベッドにころがって携帯ゲームに熱中している。母親とは対照的に、本人はまったく心配していないようだ。

「あれ、祥明、ここ見て」

「ん？」

瞬太は地面を指さした。サンダルらしき足跡が掃《は》きだし窓のまわりに多数残っている。

「随分《ずいぶん》いっぱい足跡がついてるね」

「窓から庭に出入りしているということか？　それも一度や二度ではなく、日常的に？」

祥明は掃きだし窓の周囲を確認するが、どこにも靴はない。

「誰がここを出入りに使っているか、靴跡のニオイから確認できるか？　十中八九、五木君だとは思うが」

「えー、そんなことできるかな」

そう言いながらも、瞬太は地面に顔を寄せて鼻に神経を集中させた。

ばらの花の甘い香り、乾いた泥のニオイ、家の壁のニオイ、それから……。

「あれ？　このおいしそうな匂いは……」

「ん？」

「トンカツの匂いが、あっちの方角からする」

瞬太は子供部屋ではなく、庭の向こうにあるバス通りの方を指さした。

「真面目にやれ」

「ごめん。でも靴ならともかく、靴跡から持ち主を識別するのは難しいよ。警察犬の訓練うけてないし」

「遠くのトンカツは嗅ぎ分けられるのにか」

祥明は瞬太の鼻を人差し指ではじこうとして、止めた。

七

その日の夕方五時。

槙原道場に、五木琉架と、両親、祖父母たちが集められた。稽古はもう終わっているので、他の子供たちはいない。

「あの……お話というのは何でしょう?」

母親が問いかけると、コホン、と、祥明はわざとらしく咳払いをした。

「琉架君の体調不良の原因について調べてみました。その結果、いくつかわかったことがあります」

「やっぱり誰かが呪っていたのか⁉」

槙原がいきおいこむと、五木家の人たちはぎょっとする。

「秀行先生、呪いって言いましたか⁉」

「あ、いや、念のため調べてもらってたんですよ」

ははは、と、槙原は笑ってごまかそうとするが、微妙な空気が流れる。

祥明は冷ややかな視線で槙原を黙らせると、おもむろに話しはじめた。

「まずは五木君の体調が悪くなった前日、王子まで一緒に来た子供やその保護者たちに、何か変わったことはなかったか尋ねてみました。ですが、特に何もなかったそうです」

「そうね、あたしたちも一緒に王子へ行ったけど、別に何もありませんでした」

母親が言うと、家族全員が同意する。

「強いて言えば、五木君が飛鳥山公園でラーメン一杯と団子二皿の昼食をとった後、さらに王子名物の玉子焼きを一パック食べ、くず餅もぺろりと平らげたので驚いた、という声があったくらいです」

「琉架は食べ盛りですからね」

母方の祖母が、ほほほ、と、口もとを手で隠しながら弁護した。

「うん、おれもそのくらいいけそうな気はする」

瞬太もうなずく。

「ちなみにその日の朝食と夕食は覚えておられますか？」

祥明は母親に尋ねた。

「待ってください、携帯サイトに記録が……」

母親は携帯電話をひらく。カロリーや栄養バランスを管理するサイトを利用しているらしい。

「土曜日は朝食がヒレカツサンドで、夕食はカツカレーです」

「朝も夜もカツですか？」

「ええ、試合の前は縁起のいいカツがいいって本人が言うものですから。でもちゃんと野菜サラダも一緒にだしてますよ」

「なるほど、わかりました」

次に祥明は父方の祖父母を見た。

「二世帯住宅のお祖父さま、お祖母さまのフロアにも、五木君はよく遊びに来ますか？」

「ああ、もちろん」

「柔道の稽古の前にはよく顔をだしてくれるんですよ」

父方の祖父母は嬉しそうに答える。

「そこで何かおやつを食べさせてますよね？」

「えっ」

祥明は祖母をじっと見つめた。

「駅前のケーキ屋さんで聞きました。土曜日にケーキを三個買ったそうですね。別に責めているわけではありませんから正確にお答えください」

「ええ、まあ、その、縁起をかついで勝ち栗のモンブランを」

「おやつはケーキだけではありませんよね？」

「えっ」

祖母は驚き、たじろぐ。

「精肉店にも行ったんですよ」

祥明に笑顔で問い詰められ、祖母はうつむいた。

「……空腹では稽古に身が入らないと琉架が言うので、その、カツ丼も……」

「おやつにカツ丼とケーキですか」

「ええっ、そうだったんですか！　お義母《かあ》さん、すみません」

母親は全然知らなかったようだ。

「いいのよ、あたしが孫かわいさにやってることだから。もうすぐ大会だし、おばあちゃんのおいしいカツ丼が食べたいなぁ、そしたら勝てる気がするよって言われたら、つい……ねぇ」

続いて祥明は母方の祖父母の方をむいた。

「お二人もご近所にお住まいですよね？」

「ええ、ここから歩いて十分ほどのところです」

祖母が答える。

「五木君はそちらにも顔をだしてるんでしょうね？」

「えっ、ええ、まあ、お稽古の後なんかは……たまに……」

「たまに？」

祥明はまたも笑顔で問い詰めた。

「いえ、よく……」

「土曜日、そちらでも何か食べさせてますよね？」

「ええ、まあ、その、まさか稽古前に食事をしていたとは知らなかったものですから、つい、縁起のいいカツ重と牛ステーキの出前をとってしまいました……。本人も、一所懸命お稽古をして腹ペコだと言ってましたし」

ステーキを食べると、敵をたいらげるという縁起担《かつ》ぎになるのだという。

「お母さん!?」

母親はこちらも知らなかったようだ。

「ごめんね、まさか、そんなに食べてるとは思わなかったのよ。しかも残さずパクパク食べてたから、本当に腹ペコなんだとばかり……」

「その後、うちに帰ってから、さらにカツカレーを完食したんですね」

母親は、信じられない、と、頭を左右にふりながらつぶやいた。

「いえ、その前に、お総菜屋さんでメンチカツを二個買って、食べながら家に帰っていったそうですよ」

「ええっ⁉」

「よく食べたなぁ。さすがにおれもそこまでは入らないや」

瞬太も驚き、呆れ返るが、本人は悪びれることなくニコニコ笑っている。

「これでは翌日、体調不良になっても当然です。腹痛にもなるでしょうし、下痢だってするでしょう。ちなみに今日も部屋を窓からぬけだして、こっそり精肉店に行ってますね？」

「お母さんが今日は肉はまだ早いって、おかゆしか食べさせてくれなかったんだよ」

柔道少年は不満げにほっぺたをふくらませて言った。

「もしかして、これまで試合のたびに五木君の体調が悪くなっていたのは、食べ過ぎが原因だったのか……？」

槙原は愕然《がくぜん》とした様子である。

「すみません、まさか、あちらでもカツをだしているとは知らなくて。そんな話は全然聞いていませんでした」

父方の祖母が槙原に頭をさげる。

「こっちだってそうですよ。てっきりうちでだけ間食していると思っていたものですから」

双方の祖父母が気まずそうな視線をちらちら交わしあう。

「さては、僕のことをこんなにかわいがってくれるのは、お祖母ちゃんだけだよ、とでも言われて、すっかりその気にさせられてたんでしょう」

「うっ」

四人の祖父母が顔を赤くしたり、青くしたりしている。

全員に心当たりがあるらしい。

五木琉架は顔に似合わぬ策士《さくし》ぶりを発揮し、父方と母方の祖父母のライバル心をあおって、ケーキやカツをださせていたのである。

「祖父《じじ》ばか、祖母《ばば》ばかをいいように利用されたものですね」

祥明の感想に、祖父母たちは一斉に抗議した。

「私たちにとって琉架はたった一人の孫なんですからねっ」

「大切な宝物なんですよ！」

「あたしにできることなら何でもしてやりたいって思うのがいけないこと⁉」

「若い君に、孫のかわいさがわかるものか！」

すごい剣幕である。

「わかりませんね。わかりたいとも思いませんが」

祥明は肩をすくめた。

「……五木君、お腹が痛くなるってわかってて、どうしてそんなにいっぱい食べたんだ？」

地の底からしぼりだすような暗い声で槙原が尋ねた。

「肉はいくらでも入るよ。別腹《べつばら》ってやつ？」

柔道少年はけろりとして自分のお腹をなでる。

「でも体調を壊して試合に勝てなかったら、もともこもないだろう？」

「おれ、柔道は好きだけど、肉はもっと好きだから」

「えっ……！」

あまりにもきっぱりと宣言されて、槙原は涙目である。

「大会前くらい我慢しなさい！　肉の食べ過ぎで柔道推薦をもらいそこねたらどうするの⁉」

今度は母親が息子をさとそうとする。

「いいよ、別に。おれ、料理人になるから」

「琉架……」

両親も祖父母も呆然《ぼうぜん》とする中、肉食少年はにこにこ笑ったのであった。


涼しい風にのって、のどかなカラスの鳴き声が聞こえてくる。

夕闇につつまれる神社の長い階段に腰をおろし、沈みかけた太陽にむかってため息をつく男がいた。

「ヨシアキ、おれ、どうすればいいんだ……?」

槙原である。

「柔道より肉が好きだって言われちゃったよ……」

「みじんの迷いもない断言だったな」

槙原の隣に腰をおろす祥明が、淡々と言う。

「五木君ってすごいね。じいちゃんたちをあやつってトンカツをたらふく食べるなんて、おれにはできないや。祥明にばらされなかったら、きっと、破産するまで肉を貢《みつ》がせてたね!」

瞬太はひたすら感心している。

「孫が一人しかいない祖父母たちがあんなに大変だとは思わなかった。五木家は特殊なケースだと思いたいが」

つい三日前、五木君が大変だと言ったばかりの祥明だが、すっかり認識を改めさせられたようだ。大変な目にあっていたのは孫ではなく、祖父母たちの方だったのである。

「あの調子じゃ、たとえ五木君の家族が肉を食べさせるのをやめても、自分で買って食べる量が増えるだけだよな、きっと。せめて消化剤を飲ませて腹痛と下痢を防ぐしかないのかなぁ」

再びため息をつく槙原の隣で、祥明は肩をすくめた。

「本人があそこまで割り切って肉にこだわってるんだから、もう好きにさせてやればいいじゃないか。たとえ食べ過ぎで病院送りになったとしても本望だろう」

「柔道を教える身としては、もっと本気で勝ちに行ってほしいんだが……。やる気をださせるのが指導者の役目なんだけど、おれの柔道人生では初めてのケースで一体どうしたらいいのか皆目《かいもく》見当がつかないよ。嘉納治五郎《かのうじごろう》先生だったらどうしただろうなぁ」

「んー」

祥明は五秒ほど考え込んだ。

「相手は子供だし、目には目を、肉には肉を作戦でどうだ?」

「どういうことだ?」

つまり、と、祥明が言いかけた時、ピン、と、瞬太の耳が立った。

「祥明!」

「どうした?」

「来た!」

今度は鼻がピクピクしている。

「まさか……」

祥明は石段から腰をうかせた。

「見つけたわよ、ヨシアキ!」

リゾート用の真っ赤なサマードレスを着用した女性が、神社めざして走ってくるのが目に入る。さらにその後方を追いかけてくるのは、白いジャケットに帽子姿の紳士だ。

「あっ、瞬太くん、久しぶりだね！」

両腕でトランクをひきずりながら、紳士は嬉しそうな顔をする。

「なぜ国立にいるんだ……。バンコクに行ったんじゃなかったのか……？」

まがまがしい暗赤色の夕焼け雲の下、神社の昏《くら》い森の上をカラスたちが旋回し、不吉な声を響きわたらせた——ように二人には感じられる。

「原因を考えてる場合じゃないよ。早く逃げないと！」

瞬太は階段をかけおりはじめた。

「そうだな。逃げるなら上だ、キツネ君」

瞬太に指示をだしながら、祥明も階段を走りだす。

「じゃあ秀行、あとはがんばれよ！」

「またね！」

「待て、ヨシアキ！　肉には肉ってどういう意味だ!?」

「そうよ、待ちなさい、ヨシアキ——」

「待ってくれ、瞬太君、ちょっと私と話を……！」

三人の「待て」に耳を貸すことなく、二人は全力で逃げだしたのであった。

八

ゴールデンウィークの最終日は、おだやかな晴天だった。

満開をむかえたつつじが飛鳥山公園の斜面をピンクで埋めつくし、子供たちのにぎやかな喚声《かんせい》が公園の外まで聞こえてくる。

沢崎家でも、みどりの声が玄関前まで聞こえていた。

「でかけるわよ。瞬太、おきてる?」

「うーん、眠いけどおきた……がんばる……!」

瞬太は自分の頬を両手で軽くたたくと、靴に足をつっこんだ。

のびのびになっていた竹内家訪問がようやく実現するのだ。

うきうきした足取りの瞬太、やや緊張した面持ちの吾郎とみどり、いつも通りの祥明の四人で電車に乗り、竹内家のある埼玉県川口《かわぐち》市へむかう。

「沢崎君、陰陽屋さん、いらっしゃい」

川口駅の改札まで出迎えてくれた竹内に引率され、歩くこと約十分。十階くらいはありそうな大きなマンションに着いた。

竹内の母、悦子《えつこ》は五十歳くらいの品の良いおっとりした女性。その姉の萩本泰子《やすこ》は、五十代半ばくらいの快活な人だった。息子の萩本逸騎《いつき》は今日もほのかにガーリック味のポテチの匂いをただよわせている。

ちなみに竹内の父はゴルフ、兄は仕事で今日はいないそうだ。

「娘から聞いたのですが、みなさんは亡くなった父のことに興味がおありだそうですわね」

悦子は、どうぞ、と、ソファセットのテーブルに紅茶をならべていく。

「ええ、うちの子が、こちらの陰陽師さんのお店で化けギツネのコスプレをしているものですから、ぜひ参考にさせていただきたくて」

みどりが去年の文化祭の時にも使った苦しい言い訳をする。

「あらまあ、それでご両親まで？」

「大勢でおしかけてご迷惑でしょうが、ぜひお願いします」

いろいろ面倒なことをきかれないうちに、と、早速祥明がホストスマイルを振りまいた。ちなみに服装も黒服である。

「あら、そんな、迷惑だなんて」

「うちは全然構いませんから」

悦子と泰子がぽっと頬を染めて答えた。

「アルバムでも見る？」

由衣がかかえてきたアルバム三冊を全員で囲む。

「お祖父ちゃんの写真はいっぱいあるけど、さすがに尻尾はうつってないか」

アルバムをめくりながら、竹内は残念そうに言う。

「今さらですが、間違いなく本物の尻尾でしたか？　襟巻《えりま》きではなく？」

祥明の問いに、泰子がうなずく。

「もう亡くなって二十年以上たつけど、あの尻尾は本物でした」

「どうしてキツネだと思ったんですか？　たとえば犬の尻尾と似ていますよね？」

「犬の尻尾とは全然違うわ。長いし、ふさふさしてるし、何より先が白いのよ」

「ええ、あたしさわったことありますもの。ふさふさしてて、温かかったわ。でも犬の毛よりは硬かったかしら」

ふふふ、と、悦子が笑う。

「なるほど、それはキツネに間違いなさそうですね。それで、みなさんは尻尾はださないんですか？　キツネは美女に化けるのが得意だそうですが」

「とんでもない」

恥ずかしそうに悦子は否定した。

「どうせならもっと若い美人に化けるわよ」

泰子はけらけらと笑う。

「逸騎さんから聞いたんですけど、お祖父さまはすごく身軽な方だったんですよね？」

「そうそう、逸騎もかなり身軽だけど、父はもっとすごかったわね」

みどりの問いに答えたのは泰子である。

「屋根の上にひょいっと飛び乗ったり、かと思うとするりと着地したり、猫みたいだったわ。泥棒になってたらルパンを超えてたかも」

「でも案外不器用だったから、肝心《かんじん》の錠前《じょうまえ》開けができなかったんじゃないかしら」

不器用という言葉に、瞬太はドキッとする。

「そうね、たしかに不器用だったから泥棒なんて無理ね。結局、あの身軽さが役に立ったのは、お正月に、屋根の上にあがっちゃった羽根つきの羽根をとってもらう時くらいだったわ」

たしかに日常生活で身軽さが役に立つ場面は意外と少ないかも、と、瞬太はひそかにしょんぼりする。

「耳や鼻はどうでしたか？　常人ばなれした聴覚や嗅覚をおもちではありませんでしたか？」

みどりの問いに、姉妹は顔を見合わせた。

「耳は普通だったと思うけど。鼻ってどうだったっけ？」

泰子は自分の鼻をつつきながら首をかしげた。

「鼻はけっこうきいたんじゃないかしら？　玄関の戸を開けないうちから、今日はカレイの煮付けか、なんて、鼻をピクピクさせてたわ」

「あら、それくらいあたしだってわかるわよ」

「そういえば姉さんは昔から鼻が良かったわよね」

「ところでお祖父さまにご兄弟はいらっしゃらないんですか？」

みどりの問いに、悦子は首を横にふった。

「いませんわ。父の家族はみんな太平洋戦争で亡くなったんだって言ってました。詳しいことは聞いても何も話してくれませんでしたし」

「そうね、父の家族や親戚の話は聞いた覚えがないわ」

「お祖父さまのご出身は埼玉ですか？」

みどりは質問を続ける。なんとか化けギツネの仲間を捜そうとしているのだ。

「ああ、埼玉には二年前に引っ越してきたんです。あたしたち二人とも東京生まれの東京育ちで、たぶん父もそうだと思うんですけど。姉さんは何か聞いてる？」

「たしか戸籍上は東京になっていた気がするけど、本当のところはよくわからないわね」

「そうですか」

やはり二十年以上前に亡くなった人だと、得られる情報にも限界があるようだ。

「ところでこの写真ですが……」

今度は祥明が、葛城《かつらぎ》から預かった月村颯子の写真を姉妹に見せた。

「これは私の知人から預かった写真なのですが、偶然、こちらにも同じ写真があるとお嬢さんからうかがっています」

「あら、そういえば見たことがあるかも?」

泰子は首をかしげる。

「由衣ちゃん、この写真、どのアルバムにはってあるんだっけ?」

「ここよ」

竹内は以前陰陽屋に持ってきたアルバムをめくって、指さした。

「ほら、これ、同じ写真でしょ。うちのアルバムには、お祖父ちゃんと一緒にこの人がうつってる写真もあるのよ。しかも同じ場所で」

由衣が指さした写真と祥明が持参した写真を姉妹は見比べる。

「本当だわ。いつどこでとったのかしら?」

悦子は目をしばたたいた。

「逸樹の小学校入学式の写真が三ページ前にはってあるわね」

「おれが今、三十一だから、入学式は二十五年前。それよりはあとにとった写真ってことだよね。でもとった場所はわからないなぁ」

二十三年前の写真だと葛城が言っていたが、だいたい一致しているようだ。

「では、この一緒にうつっているサングラスの女性については何かわかりませんか？」

「全然知らない人です」

祥明にとっては最も重要な質問だったのだが、姉妹は同時に首を横にふった。

「まさかお父さんってば浮気してたのかしら？」

「いくらお父さんがうっかり者でも、浮気相手ととった写真をうちのアルバムにははらないでしょう」

「でも相当なうっかり者だったわよ」

「そうねぇ……」

泰子は苦笑する。

ねぇねぇ、と、娘が母と伯母《おば》の会話にわりこんだ。

「母さんたちは、お祖父ちゃんは化けギツネだったんだと思ってるんだよね？」

「思ってるわよ」

泰子が即答した。

「でも、死んだお祖母ちゃんに言わせると、狐っていうのはもっと賢い生き物でしょ、父さんとなんか一緒にしたら狐に失礼よ、ですって」

「ひどいわ、お母さんってば、そんな本当のこと！」

姉妹はこらえきれず爆笑した。

瞬太は恥ずかしさのあまり真っ赤になり、吾郎とみどりも居心地悪そうにもじもじしている。

一人、祥明だけは、ふきだしたいのをこらえているのだろう。肩をひくつかせていた。

九

いろいろ話を聞いた後、四人は竹内家を辞去した。もうすっかり日が暮れ、暗くなった住宅街をゆっくりと四人で歩く。

駅に戻る道すがら、最初に口をひらいたのは祥明だった。

「亡くなったお祖父さんは化けギツネですね」

「間違いないわね」

みどりが言うと、吾郎もうなずく。

「だってあの一家、みんな髪が明るい茶色で、目が大きくて、しかもちょっとつり目ぎみだったから、びっくりしたよ。お祖父さんも写真で見る限り、完璧つり目で、目の色が瞬太そっくりだったし」

吾郎の一言に、三人は、うんうん、と、同意した。

「泰子さんなんて、もうとっくに五十をこえてるはずだけど、白髪が全然なかったわ」

みどりがうらやましそうに言う。

「鼻もきくと言ってたし、泰子さんには化けギツネの力が少しだけ遺伝しているようでしたね。息子のポテチ君にも身軽さが遺伝しているようです。これに対して、悦子さんと由衣さんにはキツネの力は受け継がれていないように見えました。おそらく、お祖母さんは生粋の人間だったのでしょう」

祥明の推測に、みどりが、なるほど、と、うなずく。

「でも、お祖父さんが瞬太と親戚かどうかは全然わからなかったわ……。つり目以外、顔は全然似てなかったし、関係ないかしらね」

「そうだね、お祖父さんの兄弟からでも話を聞けたらよかったんだけど、家族も親戚もいないんじゃ、確認のしようがないね。そもそも、化けギツネのお祖父さんに戸籍があったこと自体びっくりしたけど」

吾郎が苦笑しながら言った。

「そうですね。戸籍については、いくつか推測が可能です。一つめは化けギツネも昔から人間として暮らしているので、全員、戸籍をもっている。二つめは、お祖父さんは人間の養子になって戸籍を取得した。これは瞬太君と同じパターンです。三つめは、どうしても人間と結婚したかったので、天涯孤独な男の戸籍を使わせてもらった」

「えっ!?」

祥明の仮説に、沢崎家の三人は驚きの声をあげた。

「いくら子供の頃、戦争があったからって、あの設定は都合よすぎませんか？　家族も親戚も全然いない、語ろうとしないなんて。もちろん、たまたま化けギツネの一家が空襲にあい、子供一人を残して亡くなったという可能性もないわけではありません。ですが、どちらかというと、家族のいないホームレスからお金で戸籍を買ったと考えた方が自然ではありませんか？」

「祥明、それって……犯罪だよね」

瞬太はおそるおそる尋ねる。

「だから竹内家ではこの推測を言わなかったんだよ」

「そっか……。そんな難しいことが化けギツネにできたのかな……？　おれだったら思いつきもしないけど」

「お祖母さんが考えたのかもしれないな」

「お祖母さんが頭のいい人だったのか。……お祖母さんは、お祖父さんが化けギツネだって知ってて結婚したのかな？」

「きっと知ってたのよ」

瞬太の問いに、自信ありげに答えたのはみどりだった。

「狐に失礼だっていうあの言い方は、ご主人と狐への両方に対する愛が感じられるもの」

「そうかな？」

「そうそう」

みどりはにこっと笑った。

「人間と暮らしている化けギツネって、けっこういるのかもしれないね」

吾郎もうなずく。

「そっか、そうだね」

瞬太はつい頬をゆるませた。

「でもさ、祥明、月村さんのことは何もわからなかったね」

「ああ」

途端に祥明の顔がくもり、形の良い眉の間にしわがよる。

あの後、竹内家のアルバムを片っ端から確認させてもらったのだが、謎の女は他にはうつっていなかった。

「雅人《まさと》さんには何て言うの？」

「きくな」

祥明は憂鬱《ゆううつ》そうな表情で長い髪をかきあげる。

「もう一回、捜しています、って、ネットで告知してみる？」

「そうだな。あとは、店内に写真の拡大コピーでもはっておくか」

「それってジロが迷い犬になっちゃった時に使った方法だよね？」

「よく覚えていたな」

「人間と犬を同じ方法で捜しても効果あるの？」

「そんなの知るか」

吐きすてるように言い、肩をすくめる。

さすがの祥明も万策尽きたようだった。

十

長いような短いようなゴールデンウィークが終わり、湿気をはらんだ初夏の風が吹きはじめた頃。

瞬太がふさふさの尻尾をゆらしながら階段を掃除していると、槙原が陰陽屋にあらわれた。例によって、勝手にテーブル席に腰をおろし、持参の缶コーヒーと缶ジュースをとりだす。

「ヨシアキも瞬太君もこの前はお疲れさま。これ、遅くなったけど、必勝祈願の料金。本当に助かったよ」

槙原は白い封筒を祥明に渡した。

「それで柔道大会はどうだったの？」

「いろいろあったけど、無事に終わったよ。五木君も個人戦で優勝したし、柔道推薦も確定だと思う」

「全国大会で優勝したの？　すごいね！」

「うん。あの肉に対する執念はすごかったよ……」

祥明の「肉には肉を作戦」はいたってシンプルなものだった。大会前日は間食をひかえること。そのかわり、優勝したら焼き肉食べ放題三時間の店に連れていくという交換条件を五木君にだしたのである。

「目がいつもの三倍くらいギラギラしてて怖かったもんな。対戦相手の子供たちはみんな、生命《いのち》の危険を感じて震えあがってたよ……。優勝した瞬間も、うぉおおお、肉ううぅって雄叫《おたけ》びをあげてたし」

「す、すごいね」

「うん。すごかったよ……」

槙原は複雑そうな笑みでうなずいた。

「それで、ヨシアキの方は？　バンコクに行ったはずのおばさんがどうして国立に戻ってきちゃったのか、理由はわかったのか？」

「ああ、次の日に父から事情説明があった……」

祥明はうんざりした様子で答える。

「成田で搭乗手続きをすませ、飛行機に乗りこむ直前、母はネットのつぶやきをチェックしたんだそうだ。で、みつけたんだ。国立のケーキ屋に長髪の黒服ホストが来たっていう情報を……」

「……それだけ？」

「ああ」

槙原は納得がいかないという顔で、太い首をひねった。

「おまえの名前も、店の名前ものってないのに、なぜそれがおまえだってわかったんだ？　写真か？」

「いや、写真はない。強いて言えば女の勘だろう。ヨシアキはバンコクにいるはずだからと、父は母を説得しようと試みたそうだ。だが母は、国立に出没する長髪黒服ホストなんて一人しかいないって、父を無視し、成田エクスプレスに飛び乗って帰ってきたそうだ」

「そういうことだったのか……」

「ああ」

祥明は扇を開くと、しみじみとため息をついた。

「ところで瞬太君、陽焼けした？」

「うん。もうすぐ体育祭だから、毎日練習してるんだよ」

瞬太はほんのり小麦色に焼けた腕を見せる。

「キツネ君は女子にいいところを見せようと張り切っているのさ」

祥明の言葉に、瞬太は慌てて缶ジュースを倒しそうになった。

「ちょ、祥明、なんで知ってるの!?」

「……本当にそんな小学生男子のようなことを考えていたのか」

祥明は呆れ顔である。ほんのジョークだったらしい。

「肉のためにがんばるよりは大人だろ！　ね、槙原さん！」

赤い顔で瞬太に同意を求められ、槙原はプッとふきだした。

「そうだな。その通り。がんばれよ」

槙原は大きな手で、バン、と、力強く瞬太の背中をたたく。

「ところで秀行。この封筒、約束した金額の半分しか入っていないんだが、おれの気のせいか？」

祥明は封筒の中をのぞきながら、冷ややかに尋ねる。

「う、ばれたか」

「国立までよびつけておいて、色をつけるどころか半額とはどういうことだ？　まさかこのままばっくれられると思ってるんじゃないだろうな、秀行先生」

槙原が腰をうかせかけると、祥明は右手でTシャツの胸ぐらをつかんだ。左手の扇を閉じると、ピタピタと頰をはたく。

「残りは必ず来月には持ってくるから！」

「これが柔道家のやることか？　嘉納治五郎先生もあの世で嘆《なげ》いてるぞ」

祥明がホスト商法の時とは全然違う怖い顔で槙原に迫っていた時、瞬太の耳が靴音を二人分キャッチした。しなやかで力強い靴音と、はずむような軽やかな靴音。

どうしよう、ドアをあけて二人を出迎えたいのだが、店内は修羅場《しゅらば》の真っ最中である。

「あの、祥明……」

「キツネ君は口をはさむな！　秀行とおれの問題だ」

「え、でも……」

瞬太がおろおろしている間に、靴音は階段をおりきってしまった。

黒いドアが開けられ、少女たちが店内をのぞきこむ。

「こんにちは、店長さん、沢崎」

「こんにちは……？」

よりによって三井と倉橋である。

「あの、今、大丈夫ですか……？」

小首をかしげ、人差し指を頬にあてる三井のしぐさがかわいらしくて、瞬太は思わず見とれてしまう。

「おや、お嬢さんたち、いらっしゃい」

祥明はさっと入り口の方をむくと、何事もなかったかのような営業スマイルをうかべる。

その瞬間、槙原は祥明の手を振り払い、ドアにむかって突進した。

「あっ、こら、秀行!?」

「すまん！　絶対六月には何とかするから！」

ほんの一瞬、両手をあわせて祥明に頭をさげると、脱兎《だつと》のごとく店からとびだしていったのであった。

十一

中間テストと体育祭の練習で五月は終わってしまい、あっというまに体育祭の本番がきてしまった。

晴れわたった空を、もこもこした積雲がかけぬけていく。強く明るい陽射《ひざ》しが、開きはじめた紫陽花《あじさい》を照らす。

「暑くなりそうね。日焼け止めいるかしら？」

「今日は母さんはこれから日勤だろ」

「父さんは主夫だから行けるぞ」

「ガンプラの世界大会にだす作品は完成したの？」

「うっ」

未練がましそうなみどりと吾郎をふりきり、特大弁当をかかえて瞬太は家をでた。

今日はとにかく寝ないでおきているぞ、と、高いのか低いのかよくわからない志を胸にひめて登校する。

校長先生の開会のあいさつでいきなり睡魔におそわれるが、なんとか耐えぬき、応援合戦の位置についた。

応援団長の高坂は、レンタルの白い学生服に白手袋、白ハチマキでキリリと決め、「我々はぁ」と、青空にむかってエールをとばす。さすがに暑いのか、額にうっすら汗がにじむ。

その隣で、風にはためく大きな応援旗を、やはり学生服の浅田がかかげている。旗布をくくったポールの長さは、四メートルはありそうだ。

本来なら旗振りは名誉な任務のはずだが、浅田は不満顔である。高坂が団長なのが気に入らないのだろう。

他の男子たちは普通の体操服で、後ろに二列で整列している。瞬太もその一員だ。

女子たちはすぐ近くで、チアダンスのために待機している。

「フレーッ、フレーッ、し、ろ……」

高坂のエールにあわせて、浅田が旗をバッサバッサとふった時、なんとポールが手からすっぽぬけてしまった。

「あっ」

大きな旗が、女子たちにむかって飛んでいく。

一番前にいるのは、小柄な三井だ。

「あぶない！」

瞬太はとっさに地面をけって、三井の前にとびだす。

女子たちの悲鳴とともに、瞬太の視界は暗転した。


目をさましたら、すぐかたわらに心配そうな三井の顔があった。

白いベッド。白いカーテン。薬品の臭《にお》い。

一年生の時もお世話になった保健室のベッドに寝かされているらしい。

「沢崎君、目がさめた？　大丈夫？　どこか痛い所はある？」

よく覚えていないのだが、キツネジャンプで三井をかばおうとして、旗に激突してしまったらしい。窓の外から体育祭の音楽が聞こえてくる。

「どこも痛くないよ。全然平気」

本当は背中が痛かったのだが、見栄をはって黙っていることにした。

「よかった」

三井の鼻の頭がほんのり赤い。もしかして、泣いていたのだろうか。自分のために？

幸せすぎる……！

瞬太の頭はくらくらする。

「本当に大丈夫!?」

心配そうに瞬太をのぞきこんでくる大きな瞳。

「だいじょぶ、だいじょ……うっ」

瞬太は鼻を手で押さえた。今にも鼻血がでそうな気がしたのだ。幸い気がしただけだったが。

「沢崎君!?　保健の先生よんでくるね！」

「待って！」

　瞬太は思わず三井の手首をつかむ。せっかく二人きりなのだ。この貴重なチャンスを逃がしたら一生後悔する。

「え？」

「あの、あのさ、三井、おれ……」

　耳がむずむずする。

　でも三井にはもうキツネ体質のことは言ってあるから大丈夫だ。

「おれ、三井のこと……が……」

「瞬ちゃん!!」

　バン、と、保健室のドアが勢いよく開けはなたれ、とびこんできたのは、母のみどりだった。白いナース服に紺のカーディガンのままだ。病院から走ってきたらしい。

「倒れたって聞いたけど大丈夫!?」

「母さん……!?」

「瞬太、ケガしたのか!?」

　吾郎までかけつけてくる始末だ。さすが、あれだけ体育祭に来たがっていただけのことはある。

三井は一瞬、面食らったような顔をしたが、すぐに、安堵の息をはいた。

「お父さんとお母さんが来てくれたのなら安心だね。あたしは競技に戻るから、ゆっくり休んで」

「えっ⁉」

「無理しちゃだめだよ」

身体をおこそうとする瞬太をおしとどめて、三井は行ってしまった。

「あ……あー……」

三井にむかってのばした瞬太の右手が、むなしく宙をつかむ。

滅多にないチャンスだったのに……！

「あら、母さんたちお邪魔だったかしら？　ごめんごめん」

みどりが謝ってくれたが、もはや後の祭りである。

「うう……」

この日ばかりは、あいかわらず過保護な両親をうらめしく思う瞬太であった。

第三話

さかな記念日

一

体育祭は保健室のベッドにいるうちに終わり、戻ってきた中間テストの結果はさんざんで、瞬太《しゅんた》は結局、例年通りの梅雨《つゆ》入りをむかえた。

週に半分以上は雨が降るし、寒い。

竹内《たけうち》家での調査が空振りに終わった後、祥明《しょうめい》は店の壁に月村颯子《つきむらさつこ》の写真の拡大コピーを貼ったが、今のところ反応はゼロである。

「それにしても葛城《かつらぎ》さんはどこに行っちゃったんだろう……」

はたして葛城も化けギツネだったのだろうか。

そしてこの月村という女性はどうなのだろう。

ぼんやりと考えごとをしながら瞬太が店内ではたきをかけていると、雨音に混じって、階段をおりてくる靴音が聞こえてきた。少しためらいがちな、ゆっくりした靴音である。

「いらっしゃいませ」

黄色い提灯《ちょうちん》を片手に店の入り口まで走り、黒いドアをあけると、飛鳥《あすか》高校の制服を着た女子が立っていた。見覚えのあるまっすぐな長い髪と、気が強そうなくっきりした眉。

顔には驚きの表情がうかんでいる。

「あれ、たしか、同じクラスの……？」

「……青柳恵《あおやぎめぐみ》よ、沢崎《さわざき》君」

青柳は瞬太の耳のてっぺんから尻尾《しっぽ》の先までを驚きの目で見ながら名乗った。

そうだ、四月から一緒のクラスになった、青柳恵だ。学校ではいつも寝ているから、ほとんど話したことはないが。

「去年、校内向けホームページに浅田《あさだ》君が書いた記事がずっと気になってたんだけど、沢崎君って本当にキツネなんだね」

「えー、いや、えっと」

瞬太は答えに窮《きゅう》した。

もちろん正真正銘の化けギツネなのだが、ここで「そうそう、おれ、化けギツネだよ」と答えたらみどりに叱《しか》られてしまう。今さらという気もするが、外では秘密にしておくよう固く言い含められているのである。

「もちろん本物の管狐《くだぎつね》ですよ。陰陽師《おんみようじ》の店ですから」

瞬太にかわって答えたのは、店の奥からでてきた祥明だった。

「管狐？」

「ええ。管に入っている携帯用のキツネです。こう見えても、夜になると、細く、小さくなって、管に入って眠るんですよ。かわいいでしょう？」

「えー、それ、絶対ありえないし」

青柳はぷっとふきだすが、すぐに顔が曇った。

「じゃあ、同じ記事にのってた、王子《おうじ》稲荷《いなり》で拾われた赤ちゃんっていう話も、浅田君のでっち上げだったんだね。すごい勢いで削除されてたから、もしかしたらって思ってたんだけど」

「本当だよ」

「え？」

「近所の人はみんな知ってる。おれ、王子稲荷で拾われたんだ」

「……そんなにあっさり肯定されるとは思ってなかった」

青柳は拍子抜けしたような、困ったような、複雑な表情でうつむく。

そうか、そうなんだ、と小さくつぶやいた後、顔をあげ、ふっと笑った。なんとなく芝居がかった仕草である。

「実はあたしも、今一緒に暮らしている両親は、本当の親じゃないんだ」

「えっ、そうなの？」

「って言っても、他人でもなくて、伯母《おば》さん夫婦なんだけど。母親はあたしが小さい時に死んじゃって、父親が再婚する時にあたしを自分の姉に預けたってわけ」

えっ、再婚するのに邪魔だから子供を預けたってこと!?

お父さん、ひどすぎるよ！

瞬太はうっかり声にだしそうになって、慌《あわ》ててのみこむ。

「えっと、じゃあ、お父さんはまだ生きてるんだね？」

「まあね。父親が再婚したの、あたしが五歳の時だったから、もう顔も忘れかけてるけど」

「えっ、お父さんとは全然会ってないの？」

「うん。かれこれ十一年になるけど、一度も会いに来ない。あたしも会いたくないから別にいいんだけど」

　青柳はさばさばした口調で言うが、本心も同じかどうかはわからない。

「伯母さん夫婦には子供がいないから、すごくかわいがってくれてるし、今の生活には何の不満もないよ。ただ……」

「ただ?」

「最近、伯母さんが、正式に養子縁組をしたいって言いだして。突然の事故とかで二人に何かあった時に、あたしに遺産がいくようにそなえておきたいんだって。二人とももうすぐ六十だし」

「へえ、本当にかわいがられてるんだね」

「まあね。でも……」

　青柳は口ごもった。

「何か問題あるの?　おれにはよくわからないけど、お父さんが生きてるのに養子ってやっぱり変な感じ?」

「そうじゃなくて、伯母さん夫婦の名字が……おおねっていうんだ」

「おおね?」

「大きな根って書いて、大根《おおね》」

「つまりダイコンと書いてオオネと読む、ということですか？」

祥明にはっきり言われて、青柳は、うっ、と、小さくうめいた。口の端がピクピク動いている。

「……その通りです。千葉では別に珍しくない名字だって伯父さんは言うんですけど、あたしは演劇部だし、大根恵なんて名前はちょっと……」

「えっ、演劇部なの!?」

「うん」

青柳は渋い顔でうなずいた。

二

大根という文字はどうしても大根役者《だいこんやくしゃ》を連想してしまうのだろう。

躊躇《ちゅうちょ》する気持ちは瞬太にもわからないでもない。

「でもね、伯母さんに、大根っていう字面《じづら》が嫌だなんて言いにくいじゃない？　何て言うか、その、失礼だし」

「うーん、そうかも」

「しかも、伯母さんがネットの占いサイトで見たら、大根恵はかなりいい画数だったんだって。だから、お父さんのことなんか気にしないで、一日も早く養子にいらっしゃいって、すごく乗り気なんだよね……」

青柳は小さく嘆息をもらす。

いくら画数が良いと言われても、演劇部員としては気が進まないようだ。

「で、前置きが長くなっちゃったけど、本当に大根恵の画数って良いのかどうか、まずは陰陽屋《おんみょうや》さんでちゃんと鑑定してもらおうと思って来たんだ。ほら、お品書きに命名相談ってあるし、画数の計算できるってことでしょ？」

つまり、祥明が「大根恵は画数が良くない」という占い結果をだしてくれたら、養子縁組を断る格好の口実になる、ということらしい。

「命名相談なんて書いてあったっけ？」

「あることはある。が……」

祥明はおもむろに扇を閉じた。

「占うのはかまいません。しかし、名前の画数で養子になるかどうかという大事なことを決めてもいいんですか？」

祥明にやんわり問いただされ、青柳は一瞬、口ごもる。

「じゃあ……養子にいった方がいいかどうかを決める専用の占いはあるんですか？」

「残念ながら、私はそのような占いは聞いたことがありません。どうしてもというこ とでしたら、ご相談いただいた今現在の時間をもとに吉凶を占うことはできます」

「時間の吉凶？　なんだかピンとこないし、やっぱり画数を占ってもらっていいですか？」

「わかりました。では奥のテーブルへどうぞ」

青柳が椅子に腰をおろすと、祥明は白い紙を一枚渡した。

「この紙に、戸籍に記載されている文字でフルネームを正確に書いてください」

青柳はシャープペンシルで丁寧に二つの名前を書くと、祥明に見せる。

「大根恵。総画二十三ですね。大変良い画数です。大根という名字自体も才能に恵まれる十三画。字面はともかく、画数は役者むきですよ」

「青柳は……？」

「青柳は十七画。これもいい名字ですね。地位、財産、純粋、直感。青柳恵の総画だと二十七。これも悪い画数ではありませんが、ちょっと微妙ですね。二十七があらわすのは、頭脳明晰《めいせき》、前進、摩擦《まさつ》、そして孤立」

「孤立、か。まさにあたしにぴったりね……」

青柳はつぶやく。やはり父親に捨てられたという思いが心の傷になっているのだろうか。

「ただし恵という字は十画で数える流派と十二画で数える流派、さらに十三画で数える流派もあります。今は十画で計算しましたが、流派によっては結果がかわってきますから、あまり画数占いをあてにしすぎない方がいいと思いますよ」

祥明の説明に青柳はくいついた。

「恵を十二画で計算するとどうなるんですか!?」

「青柳恵は二十九画、良い画数です。大根恵は二十五画、こちらも良い画数ですが、どちらかといえば二十九の方がいいですね。二十五は人間関係で注意を必要とする場面があるかもしれません。ですが吉数は吉数ですから……」

「青柳の方がいいんですか!?」

青柳は目を輝かせて勢いこむ。

「流派によっては、です」

「でも、大根の方が絶対いいってわけじゃないんですね！」

「……お嬢さんは養子にいきたくないんですね？」

祥明に瞳をのぞきこまれて、青柳はたじろぎ、目をそらした。

「違います。名字を大根にしたくないだけです。伯母さん夫婦の名字が大根でさえなかったら、迷わず養子にいってます。大木《おおき》でも、大田《おおた》でも、大野《おおの》でも！」

「そうですか？　大根恵よりも青柳恵の方が画数が良い、と、私に言わせたがっているようにお見うけしましたが。もしかして、父親とつながる唯一の証《あかし》である青柳姓でなくなってしまうのが寂しいのですか？」

祥明の指摘に、青柳は顔色をかえた。

「絶対に違います！　ママが死んでたった一年で再婚するような男、父親として認めてませんし！　あたしは、あたしは……」

青柳恵は握りこぶしをふるわせて強く否定すると、急に立ち上がって、陰陽屋を飛びだしていった。

「青柳さん⁉」

瞬太も立ち上がり、追いかけようとする。

「放っておけ」

瞬太は振り返り、でも、と、反論しようとした。

「本人の気持ちの整理がついてないのに、何を言っても無駄だ」

「うーん……」

瞬太は両手をこめかみにあてて考え込んだ。

さっきまで青柳が腰かけていた場所には、かすかな残り香がただよっている。

くちなしの花だろうか。

「えーと、おれ、よくわからなかったんだけど、結局、青柳さんは養子にいった方がいいの？　いかない方がいいの？」

「それは本人次第だろ」

「そうだけどさ……。祥明は占いをする時はたいてい、お客さんが求めている答えを言って、背中を押してあげることが多いよね？　告白を迷っている人には告白しろって言うし」

「相手を満足させれば、リピーターの獲得につながるからな」

「それならどうして今日は、青柳恵の方が画数がいいって言ってあげなかったの？」

「本人が決めるべき問題だからだ。そもそも伯母さん夫妻とやらに会ったこともないのに、意見を求められても答えようがないだろう」

「つまり関わりたくないってこと？　相変わらず冷たいやつだな！」

突き放した言い方に瞬太はムッとするが、祥明は涼しい顔である。

自分以上にやっかいな境遇にある青柳をこのまま放っておくなんてできない。

とは思ったものの、何をどうすればいいのかわからない。

いつもだったら高坂《こうさか》に相談するところだが、事情が事情なだけに、同じクラスの高坂には話せない。

「一体どうしたらいいんだ……」

「余計なことはするな」

瞬太が頭を抱えると、すかさず祥明からつっこみが入った。

三

夜になっても静かな雨は降り続き、いよいよ本格的な梅雨入りをうかがわせる。気温は少し肌寒いくらいだ。

今日は休みだったみどりが、久々に夕食の料理を担当した。いわしのつみれ汁とかぼちゃのそぼろあんかけ、アボカドとトマトのサラダだ。六月に入った今も青魚作戦は継続中なのである。

「十六年も育ててもらったのに、おれってば頭悪くてごめん……」

いわしのつみれを見ながら瞬太が暗い顔で言うと、吾郎《ごろう》とみどりはぎょっとした。

「どうしたの、瞬ちゃん!?」

「もしかして中間テストがだめだめだったのか？」

「それはもちろんなんだけどさ」

「もちろんなのか……」

吾郎は小さくため息をつき、みどりは視線を虚空《こくう》にさまよわせる。

「それで、三者面談はいつ？　どうせ先生から呼びだしくらってるんでしょ？」

去年なんか新学期早々いきなり家庭訪問されて、アルバイトをやめるようにって怒られたのよね、あれは最悪だったわ、と、みどりはぼやいた。

「いや、今のところ何も言われてないよ」

「あら、そう。じゃあそれほどひどくはなかったのかしら？」

「青魚効果かな⁉」

吾郎の顔が明るくなる。

「でもじゃあどうして、瞬ちゃん、頭が悪くてごめんなんて言いだしたの？」

「今日、陰陽屋に……」

言いかけて、瞬太ははっとした。

そうだ、養子関係に詳しい人がここに二人もいるじゃないか。

すごいぞ、Dなんとか！

「あのさ、突然だけど、養子縁組ってさ」

瞬太がきりだした途端《とたん》、みどりと吾郎は彫像のように固まった。

「あたしと瞬ちゃんは何があってもずっと親子よ！　父さんと母さんが離婚すること

はあっても、母さんと瞬ちゃんは永遠に親子だから！」

三秒ほどして、急にみどりがまくしたてはじめる。

「でも瞬ちゃんがどうしても、実のお父さん、お母さんを捜したいって思ってるのなら……」

「あの……おれのことじゃないんだけど」

「えっ？」

青柳の話をすると、うーん、と、みどりは考えこんだ。

「なるほど、大根ねぇ。演劇部じゃなかったら全然問題なかったんだろうけど、もし本気で女優をめざしてるんだったら抵抗あるかもね」

「大根恵にならないで養子にいく方法ってあるのかな？」

「究極の解決策が一つだけあるにはあるわよ」

「えっ、どうするの!?」

「お嫁にいくの。そうすれば大根にならないですむわ。女の子は十六で結婚できるし」

予想外の答えに瞬太はたじろぐ。

「そ、それは……本当に究極だね」

「結婚しない限りは大根恵になっちゃうわね。でも最近は結婚して名字がかわっても職場では旧姓のまま通している人って多いし、学校でも通称青柳のまま通せるんじゃないかしら？　先生に相談してみたら？」

「そうか。通称か。さすが母さんは養子問題には詳しいね！」

「瞬ちゃん……」

瞬太に明るく賞賛されて、みどりは苦笑いをうかべる。

「ただね、祥明さんが言う通り、伯母さん夫妻に会ってもいないのにうかつなことは言えないと思うわ。それに、青柳さんはきっと、再婚したお父さんにいろいろ複雑な気持ちを抱えているだろうし」

「親がまだ生きているのに、養子にいくって、やっぱり変かな？　実の親の顔を知らないおれとは全然感じ方が違うんだろうな。でも父親のことは相当嫌っていて、父親として認めないとか、難しいこと言ってたよ」

「そう……」

みどりは考えこむ。

「親が生きていても、相続税対策でお祖父《じい》さんの養子になるっていうのはよく聞くよ。あとは、子供がいなくて家が断絶しそうな親戚の養子になって、名字をつぐとか。どっちも全然珍しくないね。青柳さんの場合は両方になるのかな？」

黙り込んでしまったみどりにかわって、吾郎が解説した。

「……よくあるんだ」

「うん。あとは、女の子しかいない家で婿養子をとるとかさ。だから、養子にいくとお父さんを捨てることになるとか、縁が切れるとか、そんなふうに深刻に考える必要はないと思うな」

「ふーん」

そういえば祥明の父と祖父も婿養子だと言っていた。たしかによくある話なのかもしれない。

「瞬太は、その、会ってみたい……？」

瞬太と吾郎の話を黙って聞いていたみどりが、口を開いた。

会ってみたい、というのは、もちろん、実の親のことである。みどりは年に一度はこの話題をむし返す。瞬太以上に、実の親のことを気にしているふしがある。

「まあ、人間なのか、化けギツネなのか、どうしておれを王子稲荷に捨てたのか、気にはなるかなぁ。でもさ、全然会ったことのない人に親だって言われても……うーん」

正直言って、全然想像もつかない。

考えれば考えるほど眠くなるだけだし。

毎日魚を食べ続ければ、少しは賢くなれるだろうか。

瞬太はいわしのつみれをパクパク食べはじめた。

四

翌日も朝からしとしとと雨が降っていた。静かな雨音と緑の匂いが眠気をさそう。

昼休み、食堂から戻った瞬太が教室で居眠りをしていると、青柳におこされた。

「ちょっと話があるから、廊下にでてくれない？」

「あ、うん」

教室では昨日の話はしたくないのだろう。瞬太はおとなしくついていく。

「昨日はごめん。あたし、画数占いのお金を払わないで帰っちゃった。いくら？」

「えっ、いくらなのかな。わからないや」

「そう……。じゃあ、もう一度お店に行くね」

「ごめん。あ、祥明にメールできこうか？」

「ううん。やっぱり陰陽師さんにも謝っておきたいから、自分で行って払うよ。今日は部活で遅くなるからだめかもしれないけど、今週中には絶対行くって伝えといて」

「青柳って礼儀正しいんだな」

「そんなことないよ。借りを作りたくないだけだから！」

青柳は照れたのか、ちょっと顔を赤くして反論すると、プイッと自分の席に戻っていった。この残り香はくちなしだろうか。

「あれ、今の青柳さん？」

廊下を歩いてきたのは三井《みつい》と倉橋《くらはし》だった。

食堂から教室に戻ってきたところのようだ。

「何だか赤い顔してなかった？　委員長の次は青柳さんなんて、沢崎も隅《すみ》におけないね」

倉橋はニヤリと笑う。

高坂とのスキャンダル以来、倉橋は瞬太をひやかすのが趣味になってしまったようだ。勘弁してほしい。

「祥明に伝言を頼まれただけだよ」

「店長さんに？　青柳さんも陰陽屋さんに行ってるんだ」

「うん、ええと、その、何て言うか……」

いくら相手が三井でも、重すぎる青柳の家庭の事情を話すわけにはいかない。

「そう、占い！　占いに昨日来たんだけど、また来るって」

ものすごくはしょった説明だが、嘘はついていない。

我ながら、昨夜から冴えている気がする。やっぱりDなんとかの効果だろうか。

「ふーん、さては青柳も店長さんの虜《とりこ》か。まあうちの高校の女子は半分が店長さんのファンだから全然珍しくないけど」

倉橋は肩をすくめる。

「いや、青柳はそういうんじゃないから」

「そうなの？」

「うん」

「まあどっちでもいいんだけど。それにしても店長さんってあれだけもてるのに、恋人とかいないわけ？」

「いないと思うけど」

「そうなんだ、よかった」

瞬太の答えにほっとしたようにつぶやいたのは、倉橋ではなく、三井だった。

「……よかった……って？」

瞬太の問いに、ぱあああっと真っ赤に染まる三井の顔。

「あ、えっと、ほら、店長さんはみんなの、あ、憧れの、人、だし……」

三井はしどろもどろの言い訳をする。

うわずった声も、上気したピンクの頬《ほお》も、すごくかわいい。

「三井も祥明が好きなの……？」

きいた後で瞬太は激しく後悔したが、もう遅い。

「そそそそんな」

三井は焦《あせ》りまくって、「そ」を五回も重ねる。

「春菜《はるな》のことを目の中へ入れても痛くないって公言してるうちの兄貴たちは、店長さんのことを目の敵《かたき》にしてるけどね」

「怜《れい》ちゃんまで！」

顔の前で両手をぱたぱたさせるしぐさもとても愛らしい。

ああ、そうか、そういうことか。

携帯の待ち受け画面を見た時から、嫌な予感はしていたけど、でも、成績アップのためだという三井の言葉を信じることにした。

その方が自分にとっても都合が良かったから。

本当は違うんじゃないかって疑ったこともあったけど、そのたびに、気にしないようにしてきた。

……どうして気づいてしまったんだろう。

永遠に気づかなければ、自分は幸せだったかもしれないのに。

きっと魚のせいだ。

ＤＨＡのばか！

八つ当たりしてみるが、もう遅い。

「違うからね、沢崎君！」

「…………うん」

ずっと騙《だま》されていたかったなぁ。

瞬太は真っ暗闇に突き落とされながらも、それでもやっぱり三井はかわいい、と、思うのであった。

五

夕方四時すぎ。

静かに降り続く雨の中、重い足をひきずりながら陰陽屋へ行くと、祥明はいつものように休憩室で漫画を読んでいた。

「今日も雨だから、適当に店の中の掃除でもしていてくれ」

「……うん」

のろのろと着替えて、はたきを持つ。

あらためて見直してみると、本当にきれいな顔をしていて腹がたつ。まっすぐのびた鼻筋、すっきりした眉、長いまつげがかげをおとす黒い瞳。

何より自分と決定的に違うのは、見るからに賢そうなところだ。

いやもう顔を見るのはやめよう。

暗い気分になるだけだ。

瞬太はあえて、少し視線をずらした。

「あのさ、祥明」

「ん?」

「えっと、その……三井ってどう思う?」

「何かあったのか?」

漫画を読みながら祥明はきき返す。

漫画を持つ手がまた大きくて、きれいな長い指をしている。

「三井ってかわいいよね」

「お客さんはみんなかわいいし、きれいだよ」

「お客さんじゃなくなったら?」

「元お客さんもみんなかわいいし、きれいだ」

「…………ふーん」

祥明の考えていることはよくわからないが、今のところ、お客さんの一人としてしか見ていない、ということだろうか。

適当に流されただけという気もするが。

「はたきかけるね」

「うん」

だめだ、考えれば考えるほど眠くなってきた。

とにかく今日は、はたきかけに集中しよう。

そうだ、自分ははたき職人だ。

はたきこそ我が人生。

瞬太は自分に言い聞かせると、右手に握ったはたきを頭上に突き上げ、大きくうなずいた。


翌日は朝からどんよりした曇天だった。屋上から見上げる灰色の空は、今にも降りだしそうである。

瞬太は吾郎のお手製弁当を開きながら、誰にともなくつぶやいた。

「三井は祥明のことが好きみたいなんだ……」

高坂も、江本《えもと》も、岡島《おかじま》も、無言でパンやおにぎりを食べている。

「みんな、気がついてた……？」

「まあ、何となく……」

ぼそりと答える江本。

「違うといいなとは思っていたけど」

気の毒そうに言う高坂。

「そうか……」

瞬太はしょんぼりとうなだれる。

今日の弁当は、豚肉の生姜《しょうが》焼き、夏野菜のピクルス、ポテトサラダ、そして、さんまのみりん干しだ。もう青魚はいいのに、と、少しむなしい気持ちになる。

「おれ、どうしたらいいのかな。眠くなっちゃって、何も考えられないんだけど。とりあえず三井のことはあきらめるしかないんだよね……？」

「そうか？　別に三井と店長さんがくっついたわけじゃないんだし、あきらめるのはまだ早いと思うぜ？　どう見ても店長さんの方は三井に興味なさそうだし」

岡島が言うと、江本もうなずく。

「そうそう、三井をふりむかせるためにがんばれよ！　店長さんから奪うくらいのつもりで」

江本は瞬太に親指をつきだす。がんばれというつもりらしい。

「……どうやって？」

「……うーん、それが問題だな」

瞬太の問いに、江本は視線をおよがせた。高坂に助けを求めるが、黙々とパンを食べている。

体育祭も空振《からぶ》りに終わったし、三井をふりむかせる方法なんてさっぱり思いつかない。

「あーあ、陰陽屋、やめちゃおうかな」

「えっ!?」

「祥明の顔を見たくない……。別に祥明が悪いわけじゃないけど。何か他のバイトを探して……」

「気持ちはわかるよ」

江本は、うんうん、と、うなずいた。

パンを食べ終わった高坂が、ビニール袋をたたみながら瞬太を見る。

「去年只野《ただの》先生に陰陽屋をやめろって言われた時、大騒動して守り通したバイト先なのに、本当にやめていいの？　後悔しない？」

「う」

高坂は決して「やめちゃだめだ」とは言わない。静かに問いかけてくるだけだ。

「そ、そう言われると……あの時はみんなにも協力してもらったし……。でも、今は事情が……」

瞬太がもごもごと言い訳を探していると、フン、と、岡島が鼻をならした。

「陰陽屋やめるのはまずいだろ。よく考えろよ。沢崎がやめちゃったら、三井が一人で占いに行った時、あの狭い店で店長さんと二人っきりになるじゃないか」

「……それはまずいな！」

江本が突然、真剣な表情になる。

「店長さんにその気がなくても、三井が迫ったら……」

自称恋愛エキスパートの不吉すぎる仮定に、瞬太は真っ青になった。

「やめろ！　三井はそんなこと絶対しない！」

「じゃあ三井のかわいさに店長さんがクラッときて……」

「祥明もそんなこと絶対絶対しない！　……たぶん」

「じゃあなんで、おまえ、今、涙目なんだよ」

「…………！」

岡島のつっこみには返す言葉もない。

「勢いでやめたら後悔することになるんじゃないかな？　時間をかけてよく考えた方がいいよ」

高坂がだしてくれた結論に、瞬太はうなずくしかなかった。

六

悩みは深いつもりなのに、なぜか食欲には影響しないようだ。

弁当を残さず食べ終わり、教室へ戻ると、真っ先に三井が視界にとびこんできた。

……だめだ、やっぱり何をどうしたらいいのか、いい考えがうかばない。

ためしに違うことを考えてみたらどうだろう。

教室をぐるりと見回すと、青柳がいた。

瞬太に負けず劣らず、ふさぎこみ、考えこんでいるようだ。

青柳は伯母さんの養子になった方がいいのだろうか。

話を聞いた限りでは、再婚以来一度も会いに来ないお父さんなんかより、ずっと娘同様に育ててくれたっていう伯母さんの方がいい人っぽい。それに、正式に養子縁組をして遺産を譲ってくれるっていうのは、悪い話じゃないと思う。

だが、祥明もみどりも、伯母さんに会ったこともないのに無責任なことは言えない、と、慎重だった。

実は伯母さんが何か悪巧《わるだく》みをしているとでも疑っているのだろうか。

それこそ会ってもいないのに、わかるわけがない。

……会ってもいないのに……。

「会ってみればいいいんじゃん！」

瞬太が考えを口にだしたら、教室内の全員が一斉に瞬太を振り返った。

「え？　あれ？」

「沢崎君、どうかしましたか？」

先生に問われて、慌《あわ》てて首を左右にふる。

「な、何でもない！」

いつのまにか午後の授業が始まっていた。というよりも、いつのまにか熟睡していたようだ。やはり食後の考え事はよく眠れる。

休み時間になった途端《とたん》、瞬太は青柳の席へとんでいった。

「あのさ、伯母さんと会いたいんだけど。いや、おれが会ってもしょうがないな。伯母さんと祥明を会わせたいんだけど」

「会ってみればいい、って、授業中に口走ってたのは、あたしの伯母さんのことだったの？」

「うん、そう。画数占いよりも、会って相談した方がいいと思うんだ」

青柳は瞬太の腕をひっぱって、廊下の隅へつれだした。

「そんなことをして、あたしが伯母さんの養子になるのを嫌がってるって、勘違いされたら困るじゃない」

「だって、実際に……」

「あたしは大根っていう名字が嫌なだけで、養子は嫌じゃないのよ。そもそも大根っていう名字をあたしが嫌がってるってことがばれたら、伯母さんを傷つけちゃうでしょ。伯母さんも大根なんだから」

「う……難しいんだな」

「とにかくだめだから」

青柳は厳しい口調で瞬太の提案を拒絶すると、さっさと自分の席に戻っていった。瞬太ものそのそと席につく。

「どうしたの？　何かもめごと？」

心配して声をかけてくれたのは高坂だった。

「ううん、もめごとじゃないよ。ちょっと、その、青柳の伯母さ……いや、保護者に用事があって、会わせてほしかったんだけど、忙しいみたいで……」

もしかしたら、青柳は伯母夫婦と暮らしていることを内緒にしているかもしれないと思い、慌てて保護者と言い換えてみる。

「保護者？　青柳さんの家まで行ったら？」

「場所がわからないから無理。あっ、そうだ。遠藤《えんどう》に頼めば青柳を尾行してくれるかな？　家の場所をつきとめるだけでいいんだけど」

遠藤はスーパーストーカー体質なので、尾行やはりつきの取材が得意なのである。殺気をみなぎらせてしまうのが欠点なのだが。

「遠藤さんにならできるだろうけど、でも、沢崎が自分で尾行した方が早いんじゃない？　せっかくすごい聴覚や嗅覚に恵まれてるんだから」

「……！」

目からウロコとはこのことである。

「ありがとう委員長。やってみる！」

瞬太は高坂の両手をぎゅっと握って、ぶんぶんと上下に振ったのであった。


その日の放課後、高坂におこしてもらうと、瞬太は青柳の尾行を開始した。祥明には「今日は用事ができたから遅れる」と連絡しておく。

青柳が二年二組の教室をでてからまっすぐむかったのは、四階の第二ＬＬ教室だった。演劇部はここで練習をしているらしい。

隣のデッサン室は美術部のアジトなのだが、幸い今日は誰も使っていないので、身をひそめるのに使わせてもらうことにする。

瞬太は壁際で体育座りをし、片方の耳を壁に押しあてた。

演劇部員たちはさすがに日々練習しているだけあって、声量が違う。ＬＬ教室はたぶん防音になっているにもかかわらず、発声練習をしたり、脚本の読み合わせをしたりしているのがまる聞こえである。

窓ごしに雨音が、廊下側からは靴音や話し声が聞こえてくる。

放課後でもけっこう人が残ってるんだなぁ。

陶芸部は今日は活動しているんだろうか……

……………

「あっ！」

気がついたら寝込んでいた。

隣の部屋から、大勢の靴音と、話し声が聞こえてくる。

時計を見ると、針が六時をさしていた。

どうやら今日は解散ということになったらしい。

青柳の靴音はどれだ？

なにせ女子は全員同じデザインの革靴なので、識別が難しい。

歩き方や体重のかけ方に癖があるはずだ。

……あ、これかな？

青柳のものらしき靴音を聞き分けると、瞬太はかばんを抱えて、そろそろと出口へむかった。

靴音が階段をおりはじめたのを確認し、デッサン室からでる。距離をとりながら、瞬太も階段をおりていく。

行き先は予想通り、一階の昇降口のようだ。

幸い午後からまた雨が降りだしたので、傘で顔を隠せてちょうどいい。

問題は校門をでたあとだ。

一番近い地下鉄王子《おうじ》神谷《かみや》駅に行くか、それともＪＲ王子駅の方に行くか。

左に曲がった。王子駅か。

行き先がわかったら尾行は楽だ。瞬太は軽やかな足取りで王子駅方面へむかう。

「あれ？」

王子駅の前まで来たが、青柳は改札側に曲がろうとしない。もしかしてバスだろうか？

いぶかしんでいる瞬太の前で、青柳は都電の三ノ輪橋《みのわばし》方面プラットホームにむかったのである。

「と……都電か……？」

瞬太はうめいた。

通り過ぎてくれ、という瞬太の願いもむなしく、青柳は傘をとじて、都電待ちの列に並んだ。確定である。

都電はいわゆるチンチン電車だ。一車両だけの小さな路面電車で、座席は左右に一列ずつしかなく、隠れようがない。尾行にはおそろしく不向きな交通機関なのだ。

こんなことなら、せめて変装してくればよかったと思うが、もう手遅れだ。

どうしよう。

おろおろしている暇もなく、飛鳥山《あすかやま》ぞいの湾曲した坂道を都電が一両くだってきた。

もうこうなったら、走るしかない。

「よし！」

瞬太は意を決して、傘をぎゅっと握りしめ、次の電停めざしてかけだした。

幸い都電はそれほど速度をださないし、交差点での信号待ちもある。何より、電停と電停の区間が短い。

隣の栄町《さかえちょう》までなら余裕で先回りできるぜ。

瞬太は住宅街をかけぬけ、栄町の電停付近で待ち構えた。

だが、青柳はおりてこない。

考えてみれば、都電の一区間なんて歩いても七、八分なんだから、青柳だってわざわざお金を払って乗る必要もないか。

ということは、隣の梶原《かじわら》か？

仕方なしに瞬太は梶原の電停まで、都電の斜め後方をおいかけた。

……まだ降りない。

梶原をすぎてしばらくしたあたりから、さすがに息があがってきた。そろそろ一キロを越えたんじゃないだろうか。

脚のスピードには自信があるが、残念ながら持久力はそれほどでもない。普通の人間よりは上だが、ジョギングやマラソンで鍛《きた》えている人間と比べれば劣る。

コンビニのゴミ箱に傘を捨てたら少し楽になったが、さすがにかばんは捨てられない。

のろのろ走っているように見えても、一応電車だ。信号が赤であることがこんなに嬉しかったことはない。

「うう……」

もうだめだ、脚が鉛《なまり》のように重い。今日のところは反対方向の都電に乗って王子に帰ろう、と、思った時。

小台《おだい》の電停でようやく青柳がおりてきた。

瞬太は急いで、電柱のかげに隠れる。

汗と雨でぬれた額をぬぐい、肩で息をする。

あと少し、きっとこの近くに青柳の家はある。

わかっているのにもう歩けない。

青柳は通りを渡って、銀行の角を右にまがったようだ。だが自動車の走行音やいろんな物音に靴音がうもれてしまい、その先、どちらへ行ったのかわからない。

「また明日出直すか……」

あーあ、マラソンの練習しとけばよかったな、と、今さらながらにため息をついた。


夜七時半。

すっかり暗くなった夜道を瞬太がとぼとぼと帰宅すると、吾郎は目をまんまるに見開いた。

「瞬太、どうしたんだ？　その格好」

「祥明が……」

肩がおちた白いスーツ、折り返さざるをえないほど長い袖《そで》とズボン。瞬太はぶかぶかの白いホスト服を着ていたのである。

瞬太は自分の服に着替えると、食卓の椅子の上でひざをかかえ、事情を説明した。

青柳が乗った都電を追って走ったこと。傘を捨てたこと。夜七時すぎに、ずぶ濡れで陰陽屋へ行ったら、有無を言わさず銭湯におくりこまれたこと。

「祥明が着替えを貸してくれたんだけど、あいつ、ホスト服しか持ってないんだよ。こんなの着るくらいだったら仕事着の方がまだましだったんだけど、雨で濡れたら困るからって……」

「それで瞬太もホスト服デビューになったのか」

あじのたたき丼を作りながら、吾郎が背中をふるわせる。きっと大笑いしたいのを我慢しているのだ。

みどりが夜勤で家にいないのが不幸中の幸いだった。いたらきっと容赦なく笑い転げたあげく、写真をとらせろと言ったに違いない。

「それで、青柳さんの家はわかったのか？」

「都電は反則だよ……」

瞬太は暗い声で肩をおとした。

「限界こえるまでがんばればよかったのかなぁ。でももう脚が動かなかったんだ……」

「下手に限界こえて人前で化けギツネに戻ったら最悪だからね。あきらめて正解だったと思うよ」

よし、できた、と、吾郎は大盛りのあじのたたき丼を瞬太の前にだした。生姜や大葉《おおば》、胡麻《ごま》などがトッピングされていて、すごくいい匂いがする。

「でも、明日は小台の電停で待っていて、そこから青柳を尾行しようと思うんだ。それなら成功率は高そうだろう？」

「そうだね。でもさ、それで伯母さんに会えたとして、何て言って陰陽屋に来てもらうつもりなの？　自分が大根っていう名字を嫌がっていることは、絶対に伯母さんには言わないでくれ、って、青柳さんから言われてるんじゃなかったっけ？」

「うっ」

まずい、そこまで考えてなかった。

「考えてなかったのか……」

「うん」

瞬太は正直に自白する。

「父さん、何かいい案はない？」

「そうだなぁ……」

吾郎はしばし考え込んだ。

豆腐の味噌汁をつぎながら、そうだ、と、つぶやく。

「陰陽屋のチラシを作ってポストに入れてみたらどうかな？　手相占い、お守り販売、そして画数占いって、さりげなく画数を鑑定できることをアピールしておくんだよ」

「なるほど、チラシかぁ」

　瞬太は大きくうなずいた。

「……父さん、チラシって、どうやって作ればいいんだっけ？」

「あー……」

　瞬太と吾郎は食卓をはさんで三秒ほど見つめ合う。

「おまえ、父さんに作らせようとしてるだろう」

「えっ」

　そういうつもりではなかったが、自力で作れないのはたしかだ。

　瞬太は、へへへ、と、耳の裏をかく。

「去年の文化祭の時に高坂君がチラシ作ってたよね？　あの陰陽屋の宣伝コーナー、よくまとまっててわかりやすかったよ」

　祥明に手相占いを教えてもらったかわりに、新聞同好会のチラシに陰陽屋の宣伝をいれたのである。

　そうだ、委員長にチラシを作ってもらおう。

「あのチラシ、母さんがまだ持ってるはずだから、あれを参考にするといいよ」

「……うん」

やっぱりばれたか。

さすがは十六年半も瞬太の父親をやっているだけのことはある。

瞬太は、へへへ、と、笑って、もう一度耳の裏をかいた。

七

二日後。

昼過ぎまでは汗ばむくらいの快晴だったのに、夕方から急に激しい雨が降りだした。まだ六時すぎなのに、厚く暗い雲のせいで外はすっかり暗くなっている。もちろんお客さんは来ない。

瞬太が店内の古書にはたきをかけていると、ようやく階段をおりてくる靴音が聞こえてきた。このためらいがちな靴音は、たしか。

「あの、このまえの占い料を払いに来ました……」

青柳は黒いドアを半分ほど開き、気まずそうな顔で言う。部活が終わったあと陰陽屋にまっすぐ来たらしく、制服姿のままである。

「祥明、青柳さん！　お金を払いに来たんだって！」

休憩室にむかって声をかけると、テーブル席の椅子をすすめる。

「あのさ、青柳。この前言い忘れたんだけど、親が生きていても、相続税対策で養子縁組をするのはよくあることだって、うちの父さんが言ってた」

「ふーん、そうなんだ」

「それから、学校では、通称でとおしたらいいんじゃないかって、これは母さんが言ってた。結婚しても旧姓で仕事してる人って多いんだって」

「通称かぁ。でも演劇コンクールにでる時は本名じゃないとだめだよ」

「そうなのか……」

「演技に自信があれば、大根だろうがかぼちゃだろうが、気にならないのではありませんか？」

祥明が休憩室からでてくるなり言った。

「そうでしょうか？」

青柳は不満顔である。

「プロの女優さんになる時、芸名をつけるということもできますよ？」

「プロなんて無理に決まってるじゃないですか」

「妙ですね。女優になる気もない、つまりただの部活としての演劇なのであれば、それほど大根という名字にこだわる必要はないと思いますが。お嬢さんは何だかんだ難《なん》癖《くせ》をつけて、やっぱり養子にいきたくないんでしょう？」

「だから大根っていう名字が嫌なだけだって言ってるじゃないですか！」

青柳は声を荒らげた。さすがは演劇部、よく声が通る。

「恵ちゃん、どうしても大根っていう名字が嫌なら、あたしが形だけ離婚して、旧姓の青柳に戻すこともできるわよ」

黒いドアをあけて入って来たのは、五十代後半の女性だった。

「伯母ちゃん!?　どうしてここに!?」

青柳は驚いて立ちあがる。

「やっぱり無料のサイトじゃ不安だし、ちゃんとした占い師さんに画数をみてもらった方がいいんじゃないかしらって迷ってたら、ちょうど昨日、うちのポストに、このお店のチラシが入っていたのよ」

伯母は陰陽屋のチラシをレインコートのポケットからとりだして見せた。もちろん瞬太が大根家のポストにこっそりいれたものである。

「でも、実は、あたし一人じゃないのよ。まさか恵ちゃんも陰陽屋さんに相談に来てるとは思わなかったから……」

「久しぶりだね、恵」

伯母の背後から五十歳くらいの男性があらわれた途端、青柳の顔はこわばった。

「まさか、お父さん……？　なぜ、ここに……」

「だから、その、恵がいるとは思わなかったから……」

ぼそぼそと父親は言い訳する。

十一年ぶりの再会のはずなのに、まったく感動的ではない。むしろ重く気まずい空気がただよっている。

「僕は、その、恵が姉さん夫婦の養子になりたいって言うのなら、反対できる筋合いじゃないけど、でも、恵が迷っているって聞いて……」

「名字の問題ならもう解決方法が見つかったわ」

伯母は本気で離婚を考えているようだ。

「だめよ、伯母ちゃん、あたしのために離婚なんて！」

「もちろん形だけよ。離婚しても今まで通り三人で一緒に暮らすわ。それならいいでしょう？」

「そんな不自然な……」

青柳はひどくうろたえ、蒼《あお》ざめた顔をしている。

「いらっしゃいませ、陰陽屋へようこそ」

突然はじまった親族会議に、祥明はするりと割って入った。とっておきの営業スマイルはもちろん伯母にむけられている。

「あら、あなたが占い師さん⁉」

伯母はどぎまぎしながら、祥明に尋ねた。

「店主の安倍《あべ》祥明と申します。どうぞこちらのお席へ」

祥明は瞬太にお茶の支度《したく》をするよう言いつけると、伯母と父をテーブル席に案内する。

「さて、事情はお嬢さんからうかがいました。まずは恵さんの伯母さん……お名前をうかがってもよろしいですか？」

「大根敦子《あつこ》です。敦子の敦は、敦煌《とんこう》の敦の字です」

画数占いに必要だと思ったのか、敦子は丁寧に説明する。

「では敦子さん」

「は？　はい」

祥明にいきなりファーストネームでよびかけられ、敦子はかなり驚いたようである。

「大変失礼ですが、離婚までして恵さんを正式な養子にしたい理由は何なのでしょうか？　遺産を恵さんに譲るだけであれば、遺言状を作成すればすむことだと思いますが」

「夫には姉が二人もいるんです。両親も健在です。仮に遺言状で全財産を恵に譲ると決めておいても、遺留分が発生してしまいます」

「なるほど、あくまで恵さんのためだということですね。私はてっきり、恵さんを殺して、生命保険金を手に入れようという計画かと疑っていたのですが」

祥明はさらりと恐ろしい言葉を口にした。

青柳はもちろん、瞬太も息をのむ。

保険金殺人の可能性など、思いつきもしなかった。

まだまだ魚がたりないのだろうか。

「かわいい姪《めい》にそんなことするわけないでしょう！　そもそもこの子に生命保険なんてかけていません！」

敦子は憤然《ふんぜん》として抗議した。

「ああ、では、老後の面倒をみてもらいたいという下心ですか。夫婦二人の老々介護は大変だそうですからね」

「ひどいわ！」

今度は敦子だけでなく、青柳も同時に声をあげる。

「あたしはまだ介護の心配をするような年じゃありませんし、いよいよとなった時にはリゾートホテル風の素敵な老人ホームに入るつもりで、いくつかピックアップしてあります」

「何を言ってるの⁉　養子になんかならなくても、あたしは伯母ちゃんのたった一人の姪なんだから、老後はあたしが面倒みるって決めてるわよ！」

「恵ちゃん……⁉」

「あたし伯母ちゃんのことは大好きだし、ずっと育ててもらって感謝してる。でも、もしあたしが正式に大根家の養子になったら、パパはどう思うだろうって……」

青柳はちらりと父親を見る。

やっぱり実のお父さんのことが好きなんだなぁ、と、瞬太はしみじみ思った。

父親も、まんざらでもなさそうな様子である。

が。

「このだめ男が、すっきり、さっぱり、晴ればれと解放された気分になるんだろうなと思うと、すごく悔《くや》しいの！　めっちゃムカつく！」

青柳のよく通る声が狭い店内にひびきわたった。

八

予想外の青柳の独白に、店内は静まり返った。強い雨の音が店内に響きわたる。

「そっち……？」

瞬太がうっかりつぶやくと、青柳ににらまれた。

「そっちよ！　何を期待してたの？」

「えっと、ほら、だって、青柳がなかなか本当の気持ちを言おうとしないから、実はパパが大好きだったとかそういう展開なのかなって……」

「いい話じゃなくて悪かったわね」

さっきまではほのぼのした雰囲気だったのに、台なしである。

「たしかに我が弟ながら、本当に情けない男なのよ」

敦子もしみじみ同意する。

「そんな、姉さんまで……」

あんまりだよ、と、父親は小声でぼやく。

「子供は親を選べないのよね」

青柳の一言に祥明の目がキラッと光った。スイッチが入ってしまったようだ。

「お嬢さん、養子にいくいかないはともかく、そちらのお父さんとはきっちり話をつけておくことをおすすめします」

扇をピシリと閉じる。

「でも、高校生にもなって親に恨《うら》みつらみを並べるとか、恥ずかしくないですか……?」

「二十歳《はたち》をすぎてから言うのはもっと恥ずかしいですよ。三十をすぎてからだと、もっともっと恥ずかしいですよ。つまり、今言っておかないと、どんどん恥ずかしさがアップしていくだけです」

「……言う！」

祥明にたきつけられた青柳は、父親を怖い顔でにらみつけた。

「五歳の娘を姉におしつけてほいほい再婚して、十年も会いに来ないとか、親として本当に最低だよね！」

「恵ちゃん……」

父親は今にも泣きそうである。

「今さらどの面《つら》さげて占いに来てるわけ!?　図々しすぎ！」

「だって……だって、恵ちゃんが、パパなんか大嫌い、二度と会いたくない、顔も見たくない、声も聞きたくない、って言ったから……パパはずっと今まで十年以上我慢してきたんじゃないか……！」

「はあ？　そんな話、信じられるわけないでしょ！」

「そうよ、恵ちゃんが言ったのよ」

　敦子の一言に青柳は硬直した。祥明と瞬太もびっくりである。

「伯母ちゃん……？」

「恵ちゃんは五歳だったから覚えてないかもしれないけど、たしかに言ったわ」

「……本当に？」

「本当よ」

　敦子は大きくうなずく。

「で、でも、そんなの当然でしょ！　ママが死んで一年もしないうちに再婚するなんて、娘としては赦《ゆる》せないよ」

　青柳は何とか態勢を立て直した。

「……ママは死んでないよ？」

　父親は半泣きで反論する。

「はあっ!?」

「ママは恵ちゃんとパパを置いて出ていったんだよ。今はニューヨークで暮らしてる」

「嘘でしょ……？」

「恵ちゃんのママは画家になりたいっていう子供の頃からの夢を捨てられなかったのと、パパのマザコンっぷりに愛想をつかしたのとで、一人でニューヨークに行っちゃったのよ」

　敦子の説明に青柳は仰天した。

「どうして死んだなんて嘘をついたのよ！」

「ついてないよ。ママは遠い所に行ったんだって話したんだよ。恵ちゃん、勘違いしちゃったんだね」

　父親の答えに、青柳はしばし絶句する。

「……信じられない……」

「恵ちゃんがパパとママの話をするのをかたくなに拒否してたから、訂正する機会がなかったの」

　敦子は申し訳なさそうに謝った。

「再婚だって、恵ちゃんが、パパのご飯はまずくて嫌だって言ったから、お祖母《ばあ》ちゃんがすすめる料理上手な女性と再婚することにしたんだよ。なのに、式の直前になって、恵ちゃんがプンプン怒りだしちゃって……」

ここぞとばかりに父が弁解する。

「…………」

青柳はがっくりとテーブルにつっぷした。

青柳家のヘビーな親子関係は、ほとんどが勘違いの産物だったのである。

「……何となく思い出してきた」

ぼそっと青柳はつぶやいた。

「え?」

「連れ子のいる女の人と再婚するって聞いた時に、パパがあたしだけのパパじゃなくなるのが嫌で、あたし、パパのバカ、もう会いたくない、伯母ちゃんちの子になる、って言ったんだと思う。そうごねれば、きっとパパは結婚をやめてくれると思って……」

「ええっ、そういう意味だったのか!?」

父親が驚いて尋ねると、青柳はガバッと顔をあげた。長い髪が勢いよくはねる。

「どういう意味だと思ってたわけ!?」

「ただ単に嫌われてるんだなって思ってた……。ちゃんと言ってくれればよかったのに」

余計な一言だった。

「何で五歳児の言うことを真に受けてるのよ！　難しい説明なんかできるわけないじゃない！　察してよ！」

青柳は、バン、と、激しくテーブルをたたいて立ち上がる。

「ごめん……」

父親は縮こまって、謝った。

「あんたって本当にだめな男ねぇ」

伯母がとどめをさす。

「うう……」

青柳家の三人はしみじみとため息をつき、陰陽屋の二人はひたすら沈黙を守ったのであった。

九

数日後の昼休み。

瞬太は教室で熟睡しているところを、またも青柳におこされた。

「ちょっと廊下で話したいんだけど」

「あ、うん」

「あの後、何度か、伯母ちゃんとパパと三人で話し合ったんだ」

かれこれ十一年ぶりに会った父親に言いたいことを言い、さらに誤解もとけ、すっきりしたのだろう。表情が晴れ晴れしている。

「養子にいくことにしたの？」

「前向きに検討中。伯母さん夫婦を離婚させるわけにはいかないし、大根になってもいいかなって思うようになった。何より、あたしが養子にいくことでパパがすっきりするわけじゃないってわかったたし。言いたいことをはっきり言った方がいいってアドバイスしてくれた店長さんのおかげだね」

「そっか」

「実はあたし、演技に自信がなくて、大根って名字になったら絶対みんなにダイコンってよばれるようになるって怖かったんだ。でも店長さんの言う通り、芸名を名乗れるくらいの女優になればいいんだよね」

青柳はにっこり笑った。

結局、祥明のおかげなんだよな。

瞬太は少しだけ悔しかったが、青柳の明るい表情を見ていると、まあいいかという気になった。

「あと、沢崎のチラシも。ありがとう」

「えっ？」

急に言われ、瞬太はうろたえる。

なぜチラシのことがばれているのだろう。

「伯母さんが見た陰陽屋のチラシって、沢崎がうちのポストに入れたんでしょ？」

「えっと……」

「だってあのチラシ、去年の文化祭で新聞同好会が配ってたのによく似てたし、ばればれだよ」

「そっか」

ばればれと言われ、瞬太は、たはは、と、苦笑いをうかべる。

結局夜中までかかっても瞬太はチラシを独力で作ることができず、吾郎が手伝ってくれたのだが、八割方、高坂の模倣《もほう》になってしまったのだった。

「青柳の伯母さんの家って、庭にすごく立派なくちなしの木があるんだね。三メートル以上あるんじゃない？」

雨上がりの庭で、清楚《せいそ》な花が甘い香りをまきちらしていた。

「うん、すごいでしょ。伯母さんの自慢のくちなしなの。このおんぼろの家にはたいした価値はないけど、くちなしだけは恵ちゃんにもらってほしいわ、って、よく言ってる」

青柳が笑うと、まっすぐな長い髪から、甘い香りがふわりとこぼれる。

「今度、うちに遊びに来てよ。歓迎する」

「あ、うん」

ありがとう、と、瞬太は照れくさそうにうなずいた。

その頃沢崎家では。

「母さん、この前、父さんと離婚することはあっても、瞬太とは永遠に親子だって言ってたよね……？」

吾郎は新聞ごしに、おそるおそるみどりに切りだした。

「あー、そうだったっけ？」

みどりはすっかり忘れていたようだ。思い出すのに少し時間がかかった。

「あれは言葉のあやっていうか、別に離婚したいなんて言ったわけじゃないわよ？」

「うん、わかってる」

吾郎は視線を新聞にもどした。

一分後。

「……ジロは置いてってくれる？」

「だめ」

「…………燻製《くんせい》つくろうかな」

吾郎はため息をつきながら立ち上がった。

沢崎家は今日も平和である。

第四話

猛暑には怪談が似合う

一

暑い。

今年は七月に入った途端《とたん》、梅雨明《つゆあ》けしたものだから、とにかく暑い。

瞬太《しゅんた》は、期末テストも終わり、あとは夏休みを待つばかりである。といっても、どうせ補習に通うことになるのだろうが。

「こう暑いと厨房《ちゅうぼう》に近よるのも嫌になっちゃうんだけど、おかげでビールがでるのだけは助かるわ」

陰陽屋《おんみょうや》の常連客である金井江美子《かないえみこ》は、やれやれ、と、ため息をつきながら、テーブルにひじをついた。江美子は近所にある中華料理屋、上海亭《シャンハイてい》のおかみさんである。

「うちもなぜか、涼《りょう》を求めていらっしゃるお客さまが多いんですよ」

「やだ、それ、おばけ屋敷と勘違いされてるってこと？」

「店内が暗いせいでしょうか……」

祥明《しょうめい》はかすかに苦笑いをうかべる。

「いっそ心霊スポットとして売りだしたら繁盛するかもよ。三時間待ちなんてことになったら、あたしは困るけど」

「江美子さんがその素敵な笑顔を見せてくださらなくなると、私も寂しくなるので困ります」

祥明は歯のうくようなことをさらりと言った。あまりのこっぱずかしさに、瞬太は思わず右手をぎゅっと握りしめてしまう。もう一度何か言ったら、次はパンチだ。

だが瞬太の怒りとは裏腹に、江美子は破顔した。

「そうだ、夏バテが楽になるように健康祈願のお守りをもらえるかしら？」

「もちろん」

祥明は護符を渡しながら、しっかり江美子の手を握るのを忘れない。

「じゃあ、そろそろ夜の仕込みの時間だから、名残惜《なごりお》しいけど帰るわね」

黒いドアをあけた瞬間、店内に熱風がふきこんだ。もう四時半近いが、まだまだ暑い。

瞬太と祥明は階段の上まで江美子を見送りにあがった。道路のアスファルトからかげろうのようなものがゆらゆらと立ちのぼっている。

「うちの店にたどり着く前に身体《からだ》がとけちゃいそう……。瞬太君、お店の前を掃除する時は水分補給を忘れちゃだめよ」

「江美子さんもね」

「はいはい」

「じゃあまた……えっ⁉」

瞬太が右手をあげて、ふろうとした時だった。

三人の目の前で、若い男性がぱたりと倒れたのである。

「ちょっと、お兄さん、大丈夫⁉」

江美子がしゃがみこんで声をかけると、男性はうっすらと目をあけた。

「あ、すみません、急にめまいが……」

「めまい？　お腹すいたの？」

瞬太もかがんで、男性をのぞきこんだ。明るい茶色の髪は額にべっとりはりつき、真っ赤な顔も、首も、汗だくである。

「この炎天下、真っ赤な顔で倒れた人を見て熱中症以外の原因を思いつくとはさすがだな、キツネ君」

「救急車をよんだ方がいいかしら？　お兄さん、立てる？」

「大丈夫、立てます。救急車はよばないでください。仕事に戻らないと……」

青年は弱々しい声で、だがきっぱりと断った。

「そう言われても、ここで倒れられたままだと迷惑なんだが」

「そうよねぇ」

「すみません……」

男性はアスファルトに手をついてなんとか身体をおこすが、まだめまいがおさまらないのか、かなりふらついている。

「せめて陰陽屋さんで休ませてあげたら？」

「うちでですか？」

祥明は一階のクリーニング屋へちらりと目をやった。だがカウンターの奥では、主人が汗をぬぐいながらアイロンを使っている。とても熱中症の患者を押しつけられる環境ではない。

「このまま放っておくと、本当に森下通り《もりしたどお》り商店街始まって以来の心霊スポットになりかねないわよ？」

「……たしかに」

さすがに面倒臭がりの祥明も、江美子の恐ろしい予想には逆らえなかった。しぶしぶうなずく。

「とりあえず冷やせばいいんだっけ？　母さんにきいてみる」

瞬太がみどりに電話で相談している間、祥明は青年に肩をかして、陰陽屋へはこびこんだ。

「ああ、手はたりていますから、江美子さんはもうお戻りください。仕込みの時間ですよね？」

「ありがとう。じゃあお言葉に甘えるけど、何かあったら連絡してね！」

江美子は後ろ髪ひかれる様子で上海亭に帰っていった。

「うん、とりあえず店で休ませることにしたみたい。意識はあるよ。汗はいっぱいかいてる。ケイコウホスイエキ？　そんなのないよ。スポーツドリンクもない。飲み物は麦茶だけ。氷ぬきなら飲ませてもいいの？　わかった」

祥明が青年を椅子に座らせると、瞬太は急いで麦茶を運んでいった。

「脇の下を缶ジュースで冷やしても回復しないようなら病院に連れてこいって。おれちょっと買ってくるね。ついでにスポーツドリンクも」

瞬太は携帯電話をしまいながら、自動販売機にむかった。

缶ジュースやペットボトルを両腕にかかえて店にもどると、祥明が仕方なさそうに扇で青年をあおいでやっていた。

「はい、お兄さん、缶ジュース脇にはさんだらこれ飲んで。ゆっくりね」

「ありがとう」

青年はペットボトルのスポーツドリンクを飲み干すと、ふーっと息を吐いた。汗もおさまったし、体調は回復してきたようだ。

「そうだ、店に連絡しないと……」

ポケットから携帯電話をとりだして、青年は顔色をかえた。今度は蒼《あお》ざめている。

「しまった、もう四時五十分だ。四時半からレジに入る予定だったのに」

「レジ？　立ち仕事はまだ無理だろう」

「もうすっかり大丈夫っす。ありがとうございました。お礼はまたあらためて。あっ、よかったら今度うちの店に来てください。ドリンク割引券がついてるっすよ」

青年はチラシを渡すと、止める祥明と瞬太をふりきって、陰陽屋をとびだしていった。

「あのお兄さん、本当に大丈夫なのかな？」

「さあな。倒れるなら次は他の店の前にしてほしいものだが」

祥明はチラシに目を落とした。

「アジアンバーガー王子《おうじ》店？」

チラシにはエビチリアボカドバーガー、ナシゴレンライスバーガー、青パパイヤチキンバーガーなど、ちょっとかわった名前のハンバーガーがならんでいる。サイドディッシュもトムヤムクンや生春巻きだ。店名の通り、エスニックなテイストが売りのハンバーガー屋らしい。

「あ、知ってる。四月にオープンしたお店だよ。おれはまだ行ったことないけど、あのお兄さん、ここで働いてるのかな？」

「うちの店って言っていたから、そうだろうな」

「ドリンク割引券ってこれか。ココナッツミルクを半額サービスだって。今度行ってみようよ」

「ココナッツミルクね……」

祥明は興味なさそうに肩をすくめた。

二

翌日は土曜日だったので、瞬太は昼すぎから陰陽屋のアルバイトである。

冷房のきいた店内で麦茶の支度や掃除をしていると、三時すぎに、江美子が陰陽屋にあらわれた。

いつものようにテーブル席に案内し、冷たい麦茶をだす。

「昨日はあの後、どうなったの？」

二日続けて来るなんて珍しいと思ったら、目の前で倒れた男のことが気になっているらしい。

「お兄さんは二十分くらい休んだ後、仕事に戻らなきゃって、大急ぎで帰っていったよ。このハンバーガー屋の店員みたい」

瞬太は例のチラシを江美子に見せる。

「あら、この近くじゃない。たしか専門学校のあたりにできたんじゃなかったかしら？」

「そうみたい。……あ」

階段をゆっくりおりてくる靴音が二人ぶん聞こえてきた。

「ちょっとごめん」

瞬太は急いで黄色い提灯《ちょうちん》を持ち、店の入り口へむかう。

「いらっしゃい」

黒いドアの前に立っていたのは、竹内由衣《たけうちゆい》だった。今日は水色のシャツに白いフレアスカートで、いつもよりちょっと大人っぽい。

その斜め後ろに立っているのは、母親の悦子《えつこ》である。白い日傘に麻のワンピースという上品なスタイルだ。

竹内とはたまに学校ですれ違い、挨拶をかわすことがあるが、悦子に会うのはゴールデンウィーク以来である。

「あれ？　竹内さんとお母さん、いらっしゃい」

「あらあらまあ……」

瞬太の耳を見て、悦子は目を大きく見開いている。

「沢崎《さわざき》君がキツネの格好でアルバイトしてるって話したよね？」

「聞いてたけど、まさかこんなに本格的なキツネ耳にキツネ目の子だったなんて……。まあ、尻尾《しっぽ》もふさふさね。お父さんを思い出すわ。さわってもいいかしら？」

「だめだよ！」

瞬太は慌《あわ》てて尻尾を手で押さえた。

「えっと、その、つけ尻尾とれたら困るから！」

「あら、そうなの？」

悦子は残念そうである。

「それで、今日は二人で占いに来たの？」

竹内母娘《おやこ》は、目配せしあった。

「その……昨日、こちらで息子が大変お世話になりまして」

悦子は丁寧に頭をさげる。

「へ？　息子？」

「昨日道端で倒れたはた迷惑な男がいたでしょ？　あれ、うちの兄なの。髪の長い陰《おん》陽師《みょうじ》と狐耳《きつねみみ》の子がいるお店で休ませてもらったって聞いて、すぐにピンときたわ」

「えっ、あの人、竹内さんのお兄さんだったの!?」

そう言われてみれば、竹内家共通の、明るい茶色の髪だったかもしれない。

「本当にありがとうございました。本来ならば本人がお礼にうかがうべきところですが、どうしても今月は休みがとれないと申しまして……」

悦子は再び頭をさげると、菓子折を瞬太にさしだした。一瞬遅れて、竹内も頭をさげる。

「ええと……」

自分が受け取ってもいいのだろうか。

判断に困った瞬太が振り返ると、背後に祥明が立っていた。

「これはどうもご丁寧に」

にっこりと微笑《ほほえ》んで、菓子折を受け取る。

「それで息子さんの具合はどうなんですか?」

奥のテーブル席にいた江美子まででてきた。

「なんとか家には帰ってきたんですけど、今朝もまだ青い顔をしていましたわ」

悦子は頰に手をあて、嘆息をもらす。

「それなのに今月は休みなしなんですか？　今日はまだ七月五日なのに」

「そうなんです……」

「今月だけじゃなくて、もうずっとなんです。あれじゃ倒れて当然ですよ」

竹内は口をとがらせた。

そういえば、五月に竹内家を訪れた時も、お兄さんは仕事でいなかったんだっけ、と、瞬太は思い出す。

「何か事情があるんでしょう？　ちょっと中でお話を聞かせてもらえませんか？　いいでしょ？」

有無を言わせぬ口調で江美子に言われ、逆らえるはずもない。祥明は営業スマイルでうなずいた。

「もちろんです。キツネ君、お茶を」

「はい」

江美子はさっさと竹内母娘をテーブル席に連れていった。

「慎之介《しんのすけ》兄さんは、この春、大学をでて、アジアンバーガーに就職しました。最初の研修期間は週に一度お休みをもらってたんですけど、五月に王子店に配属されてから、かれこれ二ヶ月以上働きづめなんです」

「二ヶ月!?」

瞬太と江美子が同時に声をあげる。

祥明は無言で扇をひらき、眉間《みけん》に軽くしわをよせた。

「いくらなんでも身体が心配なので、もうちょっと仕事を減らしてもらえないの？って何度も言ったんですけど、本人は大丈夫の一点張りで、親の言うことには耳を貸そうとしないんです」

悦子は再びため息をつく。

「自分では、昨日倒れたのはただの熱中症だよって笑っていました。けれど、働き過ぎで身体が弱っているのもあると思うんです」

「そりゃそうでしょう」

江美子はうんうんとうなずく。

「でも、たまたま昨日、陰陽屋さんの前で兄が倒れたっていうのは運命だと思うんです。このままあの店で働き続けても大丈夫なのかどうか、占ってもらえませんか？」

祥明に強く訴えたのは竹内だった。

三

兄を占ってほしいという竹内の訴えに、祥明は軽く首をかしげた。

「占うんですか？」

「はい、ぜひ」

祥明は竹内ににっこり微笑《ほほえ》むと、おもむろに悦子の方をむいた。

「息子さんの健康がご心配でしたら、病院で診察を受けられた方がいいと思いますよ」

「そうさせたいのはやまやまなんですけれど、毎日、夜遅くまで働いているので、病院に行く時間もないんです。何より本人が大丈夫だって言い張って、病院に行こうとしませんの」

「そういえば昨日も救急車はいらない、大丈夫だって言ってたわね」

江美子の言葉に、我が意を得たり、とばかりに悦子はうなずいた。

「そうでしょう!?　本当に、頑固なんだか脳天気なんだか、我が息子ながら、ちっとも言うことをきかないんですよ。なまじっか若くて丈夫なものだから、自分の体力を過信してるんですね。心労でこっちの胃に穴があきそうですわ」

「ご主人は何て言ってるんですか？」

「男はそのくらいで丁度いい。おれも若い頃はがむしゃらに仕事に打ち込んだもんだよ、なんて、これまたのんきなことを言ってるんですよ。自分だってあの頃は、もう嫌だ、絶対に転職する、って、一日三回は愚痴《ぐち》ってたくせに」

「ほんっと、こと息子のこととなると、亭主は役にたちませんからねぇ」

江美子はすっかり悦子に共感している。きっと今頃、上海亭ではご主人がくしゃみをしているに違いない。

「それでまあ、こんなことを申しては失礼ですけれど、ちょっと癒《い》やしを求めてまいりましたの。陰陽屋さんは洋服でも格好良いけど、狩衣《かりぎぬ》姿は格別だから一度はお店に行かないとだめだ、って、娘がほめちぎっていたものですから。たしかに水もしたたる素敵な陰陽師ぶりでびっくりしました」

「そうでしょう⁉」

「ええもう本当に」

初対面とは思えないほど、江美子と悦子は意気投合している。

「んもう、お母さん！　あたしは本気で兄さんのことを心配して占ってもらおうって言ってるのよ!?」

「あら、もちろんお母さんだって慎之介のことは心配だし、ぜひ占いもお願いしたいと思ってるわ」

「本当に〜？」

まあまあ、と、江美子が間に入った。

「二人の意見が一致してるんだったら問題ないでしょ。早速占ってもらったらいいんじゃないかしら」

女性三人の視線が祥明に集中する。

「わかりました。そうまでおっしゃるのなら占わせていただきます」

祥明の笑顔にあきらめがまじった。占わないことには許してもらえそうにないと悟ったのだろう。

「できれば手相占いでご本人の生命線や健康線をみせていただきたいところですが、今日のところは式占《ちょくせん》で慎之介さんの全体的な運勢をみてみましょうか」

祥明は瞬太に式盤《ちょくばん》を運んでこさせると、慎之介の生年月日をきき、おもむろに式盤をまわし始めた。

しばらくすると、ピタリと手をとめ、慎重に盤上の運勢を読みはじめる。

「慎之介さんは二十代後半から五十代にかけての運勢を示す中伝に、螣蛇《とうだ》が入っていますね。螣蛇は争いを司る神将で、人間関係でのトラブル、事故、病難を示します。スポーツ選手にとっては勝負運をもたらす吉将で、学問芸術方面で成功をおさめる人もいます。とはいえ、ハンバーガーショップの店員にとってはあまり良い運勢ではないので、この先、注意が必要でしょう」

「やっぱり接客業はむいてないんだよ、やめさせた方がいいって」

ほらほら、と、竹内は母親にむかって言った。期待通りの占い結果だったようだ。

「あくまで占いは占い、絶対ではありません。ただ二ヶ月以上働きづめとなると、たとえどんなにむいている、好きな仕事だったとしても、身体の方がもたないでしょう」

「私もすごく心配してるんですけど、本人は大丈夫の一点張りで……」

うつむきかげんだった悦子は、急に顔をあげた。

「お願いです、祥明さん！　息子を助けてください」

「は？　それはうちでは……」

どう考えても陰陽師の仕事じゃない、と、祥明が断ろうとした時。

「何とかしてあげて！」

祥明に迫ったのは江美子である。

「同じ息子をもつ母として、悦子さんの気持ちはあたしにもよくわかるわ。息子って本当に親の言うことをきかないのよ。こんなに心配してるのに！」

「江美子さん⁉」

「それにあのハンバーガー屋は、どうもあやしいのよね。五月に開店したばかりなのに、もう店員が三人辞めたとか、倒れたとか、商店街中に黒い噂が流れてるわ」

さすがは江美子。近隣の店舗の情報はもれなくチェック済みらしい。

「いや、ですから、それは陰陽師の守備範囲外……」

祥明は何とか穏便《おんびん》に断ろうとする。

しかし、江美子は最後の切り札をもちだした。

「霊障かもしれないでしょう！　調べるだけ調べてみてよ。悪い霊がとりついてるのかもしれないわよ!?」

「ええっ!?」

四人はびっくりして、江美子を見た。

「霊障相談は看板のお品書きにものってる、陰陽屋さんの得意分野よね。まさか断ったりしないでしょう?」

「ああ……」

ようやく江美子の意図を理解した悦子が、こくこくとうなずく。江美子だって、慎之介に悪い霊がとりついているなんて思っていない。だが、霊障相談ということにすれば、祥明は断ることができないのだ。

「私からもお願いしますわ」

「あたしも！　兄さんを何とかしてください！」

三人の女性に取り囲まれ、しかもそのうち一人はお得意様の江美子である。とても断れる状況ではない。

「わかりました。お力になれるかどうかはわかりませんが、アジアンバーガーで何がおこっているのか調べるだけ調べてみましょう……」

内心はともかく、顔にはにっこりと営業スマイルをはりつけて祥明は引き受けたのであった。

帰り際、竹内が店内に貼られているポスターに目をとめた。

「この捜し人って、お祖父《じい》ちゃんの写真の人だよね？」

「うん、月村《つきむら》さん」

月村颯子《さつこ》の顔を拡大コピーして、貼り付けているのである。

「何か手がかりはあった？」

「全然。だよね？」

瞬太が尋ねると、祥明は嘆息をもらした。

「さっぱりですね。なかなか犬捜しのようにはいかないものです」

「そろそろまた雅人《まさと》さんから催促がくるんじゃないの？」

「恐ろしい話はやめてくれ。冷や汗がでる」

祥明はひきつった口もとを扇で隠した。

四

夜八時に陰陽屋を閉めた後、祥明と瞬太はくだんのアジアンバーガー王子店に行ってみることにした。

昼間ほどではないが、まだ屋外はそれなりに蒸し暑い。商店街には銭湯の石鹼の匂いと、さまざまな料理の匂いがあふれている。

チラシにのっていた簡単な地図をたよりに歩くこと約三分。

外観はごく一般的なハンバーガーショップで、若い男女が十名ほど店内で飲食している。すぐ近くにある専門学校の生徒が多そうだ。

フロアはさほど広くなく、地下や二階もないので、王子駅前にある大手チェーンのハンバーガーショップやコーヒーストアとくらべると、こぢんまりした印象である。

「どうだ？　何か霊の気配を感じるか？」

入り口の前で祥明は瞬太に尋ねた。

「全然」

瞬太はきっぱりと首を横にふる。

「やっぱりな。どうせ人使いの荒い強面《こわもて》の鬼店長が、嫌なら辞めてもいいんだぞ、なんて、気の弱い店員たちを酷使しているだけだろう。霊障調査終了。帰るぞ」

瞬太は驚愕の眼差《まなざ》しで祥明を見上げた。

「ええっ、ここまで来て、中に入らずに帰るのか!?」

「どう見ても陰陽師の出番じゃないだろう」

「おまえは舌先三寸が取《と》り柄《え》なんだから、弱い者いじめはやめろって、鬼店長にガツンと言ってやれよ。まさか、何もせずに帰りましたって江美子さんたちに報告するつもりじゃないよな？」

「……キツネ君、よだれがでてるぞ」

「えっ」

瞬太は慌《あわ》てて口もとをぬぐう。

「いつからそんな食いしん坊になったんだ」

「だって腹ペコだし、店内からおいしそうな匂いがするし、せっかくもらった割引券を使わないなんてもったいないよ」

「まあいい。あとは役所か弁護士にまかせるにしても、一応店内の様子を確認しておくか」

祥明は呆れ顔で肩をすくめた。

だがいざ店に入ってみると、「ストアマネージャー　松嶋《まつしま》」という名札を胸につけていたのは、優しげな女性であった。しかも美人だ。年齢は三十歳くらいだろうか。

「いらっしゃいませ。ご注文はお決まりでしょうか？」

感じのいい笑顔で尋ねる。

本当にこの人が鬼店長なのだろうか？

「えっと、青パパイヤチキンバーガーとココナッツミルクをください。あ、割引券あります」

どぎまぎしながら瞬太は注文する。

その時、厨房からポテトをかかえた慎之介がでてきた。制服の上にエプロンをつけ、帽子をかぶっている。今日は厨房担当らしい。悦子が言っていた通り、体調の悪さが顔色にでている。

「あっ、昨日のお兄さん」

「君は……もしかして昨日、狐耳をつけていた子？　和服の時と雰囲気が違うね」

制服の瞬太と黒服の祥明を見て、すぐには陰陽屋の二人だとわからなかったようだ。

「昨日はうちの前で倒れたから驚きました。その後体調はいかがですか？　今日お母さんと妹さんがうちの店にお礼にいらっしゃいましたよ」

「おかげさまで、もうすっかり大丈夫っす」

「でた、大丈夫！」

「え？」

瞬太の指摘に、慎之介はきょとんとした顔をした。大丈夫が口癖になっていることを自覚していないのだろう。

「竹内君、昨日倒れたの？　言ってくれれば早退してもらったのに」

瞬太たちのやりとりを聞いていた松嶋が心配そうに言う。

「熱中症で軽いめまいがしただけっすから。もう平気っす」

「何なら今日、早あがりしてもらってもいいのよ？」

「あざっす。でも、閉店まであと二時間くらいどうってことないっすよ」

「ありがとう。本当に竹内君は頼りになるわ」

「そんな……」

慎之介は鼻の下をでれっとのばして、ポリポリ頭をかいた。

「お世辞じゃないわ。新しいお店がなんとかやっていけているのは、竹内君やみんなのおかげだもの。あたし一人じゃとっくにつぶれてたわ。でも本当に身体は大事にしてね」

「松嶋さん……！」

血色の悪い顔の頰《ほお》をほんのりと染めて慎之介は照れまくっている。

「がっちり心をつかまれてるな……」

祥明は眉をひそめて小声でつぶやいた。

慎之介を呪縛《じゅばく》していたのは、天使のように優しい顔をした魔性の女性マネージャーだったのである。

五

月曜日。

いつものメンバーで昼食をとった後、教室に戻ると、入り口で竹内が待ち構えていた。

「沢崎君、ちょっといいかな？」

「あ、うん。みんな先に行ってて」

「おっと年上のお姉さまと密会とはうらやましいねぇ」

ヒューヒュー、と、江本《えもと》がひやかす。

「そんなんじゃないよ」

「わかってるよ。行くぞ、江本」

高坂《こうさか》と岡島《おかじま》が江本を教室までひきずっていってくれた。

「早速土曜日に兄さんのお店に行ってくれたんだって？」

「うん、まあ」

「どうだった？」

「霊障はなかったけど、違う障害が……」

瞬太は口ごもる。

一体どう説明したらいいのだろう。

「障害？どういうこと？」

「うーん、おれにはよくわからないんだけど、祥明があれは魔性だって」

「はあ？　悪魔っぽい何かがいるってこと？」

竹内は呆《あき》れ顔である。

「うん、いや、えっと、おれうまく説明できないから、今度またお母さんとうちの店に来てくれる？」

「わかったわ、ありがとう」

竹内は仕方ないなあといった様子で、三年生の教室に戻っていった。瞬太も自分の教室に入る。

瞬太が席につくと、早速江本がとんできた。

「なあなあ、さっきの人、三年だよな」

「うん、竹内さん」

「おまえに何の話だった？　まさか告白じゃないよな？」

たいして大きな声ではなかったのだが、高坂や岡島、三井《みつい》に倉橋《くらはし》、それどころか浅《あさ》田《だ》までがこちらをふりむいた。

「違うよ。お客さん！」

瞬太が大声で否定すると、全員、なーんだ、という表情になる。

「陰陽屋のお客さんか。どうせ店長さんめあてなんだろうな」

江本はがっかりしながら席に戻っていった。


夕暮れ時。

ようやく涼しくなってきた風に尻尾をゆらしながら、瞬太がせっせとほうきを動かしていると、久しぶりに槙原《まきはら》があらわれた。

夏の定番、Ｔシャツにジーンズ姿である。といっても、槙原の場合、一年のうち半分はこの格好なのだが。

「今日も掃除か。偉《えら》いな、瞬太君」

「まあね」

瞬太は、へへへ、と、ふかふかした耳の裏をかく。

「槙原さんは？　また必勝祈願？」

「いや、このまえの必勝祈願料の残り半分を払いに来たんだ」

「あれかぁ」

そういえば槙原はまだ半分しか払っていないのだった。

「あれ？　瞬太君もしかして、ちょっと背が伸びたんじゃない？」

「うん。二年になってから五ミリだけだけど……」

瞬太は嬉しいような、嬉しくないような、複雑な心境である。

「おれも槙原さんみたいに大きくなりたいんだけど、無理なのかなぁ。せめてあと十センチ……だめなら五センチでも……」

瞬太はしょんぼりと耳をふせて、ため息をつく。

「どうしたんだ、好きな女の子に何か言われたのか？」

「そういうわけじゃないけど……。やっぱり低いよりは高い方がいいのかなって」

「安心しろ、背がいくら高くても、もてない男はもてない。おれがいい例だ」

「えっ!?」

「君もいつかおれと同じ壁にぶつかるかもしれないから、教えておこう。おれが好きになった女の子は、ことごとくヨシアキにとられた」

衝撃的な告白だった。

槙原が好きになった女の子は、祥明に……!?

自分も同じ壁って……どういうこと!?

「………ええええっ!?」

「とられたっていう言い方は変か。ヨシアキが何かちょっかいをだしたわけじゃないからな。彼女たちが勝手にヨシアキに熱をあげたんだ。おれが小学生の時はじめて好きになった女の子も、その次に好きになった女の子も、みんなヨシアキにぞっこんだった。ついでにうちの妹も。おれはそういう星のもとに生まれたんだ……」

槙原は悟《さと》りの境地に達した仙人のように、半眼で乾いた微笑《ほほえ》みをうかべた。

「槙原さん、苦労してきたんだね……」

「まあな。そんなわけで、もし好きな女の子がいたら、とにかくヨシアキに会わせないことが重要だ」

瞬太は両手でほうきを固く握りしめる。

「でも、もしも、その娘《こ》が祥明に会っちゃって、好きになっちゃったら？　おれ、黙ってあきらめた方がいい……？」

全然もしもじゃないけど。

瞬太は心の中でつぶやいた。

「それは君次第だね。このまま黙ってあきらめるか、当たって砕《くだ》けるか」

「砕けるんだ……」

「残念ながら、おれの経験上、告白が成功したことは一度もない」

「…………」

あまりにもきっぱりと、いさぎよく断言され、瞬太の頭は真っ白になった。

「瞬太君、大丈夫か!? 今、軽く白目になってたぞ!?」

「あ……うん。なんとか……」

瞬太はプルプルと頭を左右にふった。

「つまり、告白はやめとけってことだね？」

「うーん、おれがだめだったから、瞬太君もふられるとは限らないけど……」

槙原は腕組みをして考え込んだ。

「もしかして瞬太君が好きな三井春菜《はるな》ちゃんって、このまえ陰陽屋に来てた二人の女の子のどっちか？」

「……な、なんで……」

なんでそんなこと知ってるんだよ、と、はぐらかそうにも、上気した顔がすべてを答えてしまっている。

「バレンタインの時、血相かえて、うちまでチョコを探しに来たよね？　三井春菜って名前のチョコはなかったかって」

「うっ」

そういえば、後先考えず、そんなこともやってしまったんだった。

いつもこんな調子だから、周り中にばれてしまうのだ。穴があったら入りたい。なかったら掘りたいくらい恥ずかしい。

「あのふわふわした娘《こ》なんて、いかにも瞬太君が好きそうだと思って。あたった？」

「……うん」

瞬太は耳の裏をかいて、照れまくる。

「あの子、同じ高校？」

「うん。同じクラス」

「そうか……」

うーん、と、槙原は太い眉をひそめた。

「告白のチャンスがある、という点では、同じクラスなのはいいことだ」

「そうだよね！」

「ただ、はっきりきっぱりふられた後も、毎日教室で顔をあわせるのはけっこうしんどいから、そこは覚悟がいるぞ」

「ううう……」

さすがに経験者の言葉は重い。

ショックのあまり、口から魂《たましい》がぬけそうになってしまう。

「また白目になってるぞ！　瞬太君、しっかり!!」

槙原に激しく肩をゆさぶられ、なんとか魂が戻ったものの、もう何をどうしていいのかわからない。

やっぱりこのまま黙ってあきらめた方がいいのかな……。

尻尾がだらんと地面にむかってたれさがる。

祥明が悪いわけじゃないけど、でも、やっぱり祥明のせいだよな。

瞬太は、くぅ、と、両手のこぶしを握りしめる。

「あのさ、槙原さんは、祥明と友だちやめたいって思ったことはないの？」

「何度もあるさ。でも不思議と憎めないんだよな。どうせあっという間に別れるってわかってるし」

「長続きしないの？」

それは初耳である。

「ほら、例の、ヨシアキのお母さんがものすごい妨害工作をくりひろげるんだよ」

「そういえば、ケーキにゴキブリのおもちゃを入れてだしたって聞いた気がする」

「あとはタピオカにカエルの卵をまぜたとか、靴に蛇の抜け殻を仕込んだとか、ドアをあけたら水バケツとか、そりゃもう、いろいろやらかしたものさ。結局女の子の方がもたなくて、つきあいだしてから十日もたたないうちに、別れてくれって言いだすのがパターンだね」

「十日!?　短いね」

「うん。ヨシアキもさすがに面倒臭くなったんだろうな。もう何年も特定の彼女をつくってないいんじゃないか？」

ホスト時代のことはよく知らないけどさ、と、槙原はつけたした。

「でも今はお母さんと別々に暮らしてるし、彼女をつくろうと思えばつくれるんじゃないの？」

「いやー、あのお母さんだから、たとえ外国まで逃げても追いかけて行くんじゃないのかな」

「そんなことは……」

ない、と、言いかけて、ついこの間もバンコクまで追いかけようとしたことを思い出す。

「あるかもね」

「あるよ」

ふたりはしみじみとうなずきあった。

六

翌日はどんよりとした曇り空だった。

まだ夕方の五時前だというのにひどく暗い。

「気温はたいしたことないと思うけど湿気がすごいね」

額の汗をぬぐいながら、竹内が陰陽屋に来店した。昨日瞬太に頼まれた通り、母の悦子も一緒である。

テーブル席につく竹内母娘を前に、祥明は小さく嘆息をもらした。

「予想外にやっかいな状況でした。一般的な鬼店長だったら労働基準監督署に告発すればいいと考えていたのですが、まさか魔性の女性マネージャーとは……」

「魔性の女性マネージャー……」

母と娘は顔を見合わせた。

「二人は、アジアンバーガーには行ったことないの？」

問いかけたのは江美子である。ライバル店の内情が気になって仕方ないらしく、陰陽屋に日参しているのだ。

「あるにはあるんですけど……」

江美子の問いに、二人は微妙な表情をした。

「もちろん気になるから何度か行ってみたんですけど、兄さんいつもすごく忙しそうにしていて、とても話しかけられる雰囲気じゃありませんでした。まさか魔性の女性マネージャーがいたなんて……」

「見た目は普通の、きれいで優しそうな女の人だから、いても気がつかなかったんじゃないかな？」

　瞬太が解説する。

「本当にその女性マネージャーは、その、魔性……なんですの？」

　悦子が祥明に問いかけた。

「口先では早退した方がいいと言いながらも決して早退させないところ、甘い口調であなたを頼りにしているわを強調するところ。あれは確信犯ですね」

「兄さん、昔からほれっぽいから……」

　あきらめまじりの竹内の言葉に、瞬太はドキッとする。

「でも、息子は本当に二ヶ月以上休みなく働かされているんです。魔性テクニックを駆使しているのかもしれませんけど、やっていることは立派な違法行為ですよね？　その労働基準監督署ですか？　そこに訴えることはできないんでしょうか？」

「そうよね！　訴えていいんじゃない？　むしろ訴えない方がどうかしてるわよ」

　江美子が腕組みをして、うんうん、と、うなずく。

「江美子さん、そろそろ仕込みの時間じゃありませんか？」

「今日は仕込みをすませてから来たからご心配なく」

江美子は両手を腰にあてて胸をはった。

「……残業手当や休日出勤手当は支払われていますか？　給与明細に記載されている残業が規定時間を超えていたら超過勤務の動かぬ証拠となりますが」

「お給料は年俸制なので、残業しようと休日出勤しようと給料はかわらないと申しておりました。ですから明細はわからないと思います」

「他に何か証拠になるような物はありませんか？　勤務カード、あるいは日記やメモでもいいのですが」

「物と言われると……」

悦子は頬に片手をそえて、困ったわ、どうしましょう、と、おろおろするばかりである。

「あたしたちが証言したんじゃだめなんですか？」

竹内の問いに、祥明は首を横にふる。

「本人があの調子ですからね。仮に監督官が調査に入ったとしても、それは家族の勘違いです、自分はちゃんと休みをとっています、大丈夫です、と、嘘の釈明をしかねません」

「たしかに兄さんの今の調子だと……」

「大丈夫を連発しそうね……」

うーん、と、竹内母娘は頭をかかえた。

「何とかしてあげられないの？　陰陽屋さん」

江美子がじれったそうに祥明に迫る。

「申し訳ありませんが、私も詳しいことはわかりかねますので、あとは社会保険労務士にご相談いただくしかありません」

祥明が丁寧ながらもきっぱりした口調で竹内母娘を追い返そうとした時、さらなる援軍があらわれた。

「母として、看護師として、一人の若者が過労で倒れること間違いなしな状況を見過ごすことはできません。何とか彼を魔性の女性マネージャーから助けてあげてください！」

黒いドアを開け放って入ってきたのは沢崎みどりである。

「みどりさん!?　なぜ……」

言いかけて祥明は問い詰めるような視線を瞬太に送った。瞬太は三角の耳を伏せ、ごめん、と、手をあわせる。もちろん瞬太がみどりに話したのだが、まさか陰陽屋へ乱入してくるとは思わなかった。

「あんな店を野放しにしといちゃだめよ！　森下通《もりしたどお》り商店街の評判にだってかかわるわ！」

「祥明さんならきっとかわいそうな若者を助けてくれますよね？」

「とにかくお願いしますわ」

鼻息の荒い江美子、期待に満ちた眼差しのみどり、おろおろと哀願する悦子。

三人の母親に詰められ、さすがの祥明も困り果てた様子である。

「仕方がありませんね……」

またも逃げそびれた祥明は、扇をひらき、困惑のまじった笑みをうかべた。

七

その夜。

陰陽屋の閉店後、祥明と瞬太は洋服に着替えると、再びアジアンバーガーへ行ってみた。

今日は魔性の女性マネージャーこと松嶋と慎之介の二人がカウンターに立っている。客層はあいかわらず専門学校生と高校生が中心だ。

「どうする？」

「もちろん……」

祥明はまっすぐ松嶋の前にすすんだ。

「いらっしゃいませ。ご注文はお決まりでしょうか？」

松嶋は完璧な営業スマイルに、マニュアル通りのセリフで祥明をむかえる。

「おすすめはありますか？」

祥明は松嶋の瞳をのぞきこみながら尋ねる。その距離およそ十センチ。ホストモードの発動だ。

「今月はこちらのナシゴレンのライスバーガーに生春巻きとドリンクがつくセットが大変お得になっております」

松嶋はカウンターの上におかれた写真入りのメニューを指さしながら説明するが、

祥明はひたすら顔を見つめている。

「それをお願いします」

「かしこまりました。セットのドリンクをこちらからお選びください」

「…………」

再び松嶋はメニューを指さすが、祥明はちらりとも見ようとしない。身体中のパワーを眼力にそそぎこんでいるようだ。

松嶋はカウンターのメニューを左手で持ち上げると、祥明の鼻先につきつけた。

「セットのドリンクをこちらからお選びください」

右手でドリンクの写真を指さす。

まだ祥明の視線は動かない。

松嶋はメニューごしに祥明を見つめ返した。いや、にらみ返したと言った方が正しいだろうか。

まさにハブとマングースのにらみ合いである。

二人とも一歩もひかない。

普通の女性だったら真っ赤になってその場にくずおれてしまうところだが、さすがは魔性の女性マネージャー。ただ者ではない。

後ろから見ている瞬太の方が、毒気にあてられてくらくらしてきた。

気がつくと、店内中が静まり返っている。

みな、会話どころか、飲み食いすら忘れて、成り行きを注視している。

「お飲み物はホットコーヒー、アイスコーヒー、ウーロン茶、緑茶、コーラ、オレンジジュースからお選びいただけますが」

「……アイスコーヒーで」

「アイスコーヒーですね」

松嶋はようやく視線をはずすと、レジを打ちはじめた。ライスバーガーと生春巻きとアイスコーヒーをトレーにのせる。

「ナシゴレンのライスバーガーセット、五百五十円になります」

会計をすませると、トレーを祥明に手渡す。

「どうぞごゆっくり」

トレーを受け取りながら、祥明はこれ以上はない極上の営業スマイルをうかべた。

「ありがとうございます。そうそう、今月は初めてのお客様限定で、手相占い千円キャンペーンをおこなっています。ぜひ陰陽屋へおこしください」

ハンバーガーショップにはおよそ不似合いな甘い声。

だがその宣伝にとびついてきたのは、店内の女性客たちだった。

「本当に!?　絶対行きます！」

一人がかけよると、我も我もと一斉に立ち上がり、祥明を取り囲む。

「着物じゃないけど、その長い髪、陰陽屋さんじゃないかなって思ってたんです」

「ずっと陰陽屋さんのことは気になってたんだけど、千円だったら毎週でも通っちゃう」

「あ、そ、そうですか。ありがとうございます。松嶋さんもぜひ」

人垣ごしにレジの松嶋に声をかける。

「大変残念ですけど、うちは年中無休ですのでうかがう暇がありません」

松嶋は笑顔で、あっさりかわす。

「渾身のホスト作戦失敗だな」

瞬太は呆れ顔でつぶやいた。

そもそも場所が庶民的なハンバーガーショップで、かかっている音楽は女性アイドルグループのにぎやかなJポップ。まわりの客は高校生と専門学校生ばかり。しかも相手はカウンターのむこうなので、手を握るのもままならない。じっと目を見つめても、マニュアル通りの笑顔を返されるばかりだ。

他の客の迷惑になるから、と、祥明は女性たちを席に戻らせ、自分のトレーを窓際のテーブルに置いた。むかいの席に瞬太も腰をおろす。

「すごいね、あの店長さん、絶対に笑顔を崩さないね」

瞬太は肩越しにレジをうかがいながら感心した。

「ああいうのを営業スマイルというんだな」

祥明は自分のことは棚にあげて、くやしそうにハンバーガーを口にはこぶ。

ライスバーガーを食べてるわね、今度あたしも頼んでみようかな、などのささやき声が瞬太の耳に入ってくる。席に戻った女の子たちが、祥明の挙動をうかがっているのだ。

「ところで祥明、ライスバーガーにアイスコーヒーってあうの？」

「えっ!?　あっ、これ、アイスコーヒーか」

祥明はいまいましそうに舌打ちした。

「あの魔性の女との戦いに集中しすぎたな」

「祥明にそこまで集中させるってすごいね！　でも、慎之介さんのことはどうするの？　あきらめる？」

「霊障調査自体はとっくに終了しているし、撤退したいのはやまやまだが、あの三人のご母堂たちが許してくれないだろう」

母は強しと言うが、それが三人タッグなのである。いくらなんでも強力すぎだ。三人の母親たちに心配されているとも知らず、慎之介はカウンターでせっせと働いている。相変わらず顔色は悪い。

「しばらく通うしかないね」

瞬太はゆるんだ口もとでマンゴージュースをすすった。

八

かくして祥明と瞬太は、夜な夜なアジアンバーガーに通うことになった。

祥明は夕食としてハンバーガーセットを注文するが、沢崎家では吾郎《ごろう》が食事の支度をして待っているので、瞬太はドリンクだけである。

「今日も慎之介さん、顔色悪いね。プールの後でもないのに唇が紫っぽいよ」

すっかり定位置になってしまった窓際の席で瞬太は言った。

慎之介はもう一人の男性店員とともにカウンターで接客をしている。もう一人の方も働きづめなのか、顔色がひどく悪い。

「今日は松嶋さんはずっと厨房か」

祥明も定位置である瞬太の向かいだ。

「宿敵がでてこないと寂しい？」

「さっさと決着をつけたいだけだ。もう三日連続だぞ」

「おれはまだ頼んだことがないドリンクがあるから平気だけど。今日のグァバジュースもけっこういける。にしても慎之介さん忙しそうだね」

「ああ、昨日今日とけっこう混んでるな」

祥明が店内を見回すと、瞬太には「あっ」「こっち向いた」などの声が聞こえてくる。もちろん女性客だ。

「本当に店長さんと沢崎がいる！」

制服姿のまま店に入ってきたのは、倉橋である。半歩遅れて、三井も続く。

「えっ、三井!?」

瞬太は驚いて、グァバジュースを持ったまま立ち上がった。

「こんばんは」

三井ははにかんだような笑みをうかべる。

「どういうこと？　おれたちがここにいるって知ってて来たの？」

「まあね。ここのところ毎晩、陰陽屋さんとアルバイトの高校生がアジアンバーガーに通いづめてるって、王子中の噂になってるよ。委員長と三角関係なの？」

倉橋はニヤリと笑って瞬太をひやかした。いいかげん高坂との噂は忘れてほしい。

「そんなんじゃないってば、もう。毎晩って言っても、まだ三日目だし」

「三日連続なの？　沢崎君も店長さんも、ここのハンバーガーに相当はまってるんだね」

三井は瞬太に話しかけながらクスクス笑う。だがその視線は、瞬太を通り越して、祥明に向けられている。

胸の奥がチクッと痛む。

気にしない、気にしない。

自分に言い聞かせる。

落ち着くためにさりげなく深呼吸したら、三井のきゃしゃな指先から、土のにおいがただよってきた。

「二人ともこんな時間まで部活だったの？」

「うん。今年も文化祭用の作品制作に入ったんだけど、土をこねはじめるとつい没頭しちゃって、気がついたらお腹ぺこぺこだった。あたしたちもハンバーガー注文してくるね」

二人は仲良くならんでカウンターにむかった。

ふう、と、瞬太は緊張をとき、腰をおろす。

「それにしても、今日はなんだか混んでると思ったら、祥明のせいだったんだな。やたらに女の人が多いはずだよ」

一昨日《おととい》は、高校生と専門学校生、全部あわせても五、六人しか女性客はいなかったと思う。だが、今日は会社帰りのＯＬ、子連れの主婦、さらには有閑《ゆうかん》マダムたちの団体もいる。ざっと見たところ、三、四十人はいるのではないだろうか。そのせいで今やランチタイム並の大混雑である。店員たちも大忙しの様子だ。

「二つのレジは両方とも五人待ちだし、返却口のトレーも今日はずいぶんたまってるな。店員の処理能力の限界をこえる客数に達しているらしい」

三日連続で通っているだけあって、祥明はすっかり店内の状況を把握しつくしている。

「祥明のせいでお客さんが増え過ぎちゃって、店は大儲《おおもう》けで、店員はみんな大忙しってこと?」

「これじゃ逆効果だな。また慎之介さんが倒れたら何と言われることやら」

祥明が気にしているのはもちろん、江美子とみどりと悦子の最強タッグである。

「今日のところは帰るか」

「えっ、でも……」

瞬太はちらりとレジにならぶ三井の方を見た。倉橋と楽しそうにおしゃべりしている。何を注文するか、相談しているのだろうか。

「キツネ君は残ってもいいぞ」

「うーん」

祥明が先に帰ってしまったのを知ったら、三井はがっかりするだろう。そんな顔は見たくない。

「ううん。おれも帰る。父さんがごはん作って待ってるから」

「そうか」

祥明は大急ぎでハンバーガーを食べ、瞬太はドリンクを飲みつくすと、そそくさと撤収した。

九

瞬太が八時半すぎに帰宅すると、暗く沈んだ空気がただよっていた。

「何かあったの？」

「今日、担任の先生から電話がかかってきた。明日の午後、父さんか母さんに高校まで来てほしいんだって。三者面談だよ」

冷蔵庫から大皿をとりだしながら吾郎が答えた。大皿に盛りつけられているのは、かつおのたたきだ。

みどりはごはんをよそいながら、無言で深々とため息をつく。

「あー、ついに来たか。来週で一学期も終わりだし、そろそろ呼び出されるとは思ってたんだよね」

瞬太は手を洗って、自分の席に腰をおろした。

「期末テストが今週帰ってきたけど、ぼろぼろだったもんなぁ。今年も夏休みはずっと補習か。いつものことだし、そんなに気をおとすことないよ」

瞬太は明るく笑い飛ばして、いただきます、と、手をあわせる。

「瞬ちゃん……」

みどりがひざの上で手を組んで、怖い顔で瞬太をにらむ。

「母さん、そんな顔してたらご飯がおいしくないよ？」

瞬太は箸《はし》を持つと、いきおいよくご飯を食べはじめた。

「そうだ、昨日、気仙沼《けせんぬま》から届いた荷物にホヤぼーやカステラが入ってたよね。あとで一緒に食べよう。きっと元気がでるよ」

「そうやって誤魔化《ごまか》そうとしてもだめよ」

「あっ、すごく重要なことを思いだした。これだけは言っとかないと！」

「何?」

「明日の三者面談、父さんと母さんが両方来るのは絶対禁止だからね! 四人で三者面談とか、恥ずかしすぎるから!」

口いっぱいにご飯を頬張りながら、瞬太は真剣な顔で言う。

「まったくもう、瞬ちゃんにはかなわないわね」

みどりは苦笑いをうかべると、箸に手をのばした。


翌日は朝からコバルトブルーの空に積乱雲がいくつもならぶ夏空だった。どこからか蟬《せみ》の声が聞こえてくる。アブラゼミだ。

「今日も暑《あ》っついなぁ」

江本は手びさしをしながら、屋上の手すりにもたれかかって背のびをした。

「どうだ? もう水泳部の練習始まってるか?」

江本に尋ねたのは岡島だ。

「プールには誰もいない。まだ昼飯食ってるみたいだな」

「じゃあおれたちも腹ごしらえするか」

四人は日陰にならんで、各自の昼食をとりだす。瞬太の吾郎弁当は、鶏そぼろと炒り卵とほうれん草ソテーの三色ご飯に、さばの塩焼きだ。

「あれ、沢崎の弁当、いつもよりおかずが少ないんじゃない？」

高坂がチキンサンドの袋を破りながら尋ねる。

「昨夜から父さんはブルーなんだよ。母さんもだけど。とうとう今年も先生から呼び出しくらっちゃって、今日はこれから三者面談なんだ」

「ついに来たか。どうせおれも補習組だから、仲良くやろうぜ」

江本が明太子マヨネーズのおにぎりを頬張りながらうなずく。

「ところで沢崎、陰陽屋の店長さんと毎晩アジアンバーガーに通ってるんだって？」

「えっ、おれ、別に、三角関係とか浮気とかそんなんじゃないよ！」

急に高坂に尋ねられ、瞬太はついどぎまぎして言い訳をしてしまう。

「何の話？」

高坂は賢そうな目をしばたたいた。

「あ、いや、ごめん。何でもない」

「浮気とか三角関係とか言われちゃ、聞き捨てにはできないね」

さっさと白状しろよ、と、江本につつかれ、しぶしぶ瞬太は話しはじめる。

「実は昨夜、倉橋と三井もアジアンバーガーに来たんだけど……」

久々に倉橋にからかわれた件を説明すると、なーんだ、と、江本はがっかりした。

「それ全然、浮気でも三角関係でもないじゃん。期待して損したぜ」

「ごんごめん、おれ、言い訳するのが癖《くせ》になっちゃってるみたいで」

倉橋があんなにしつこい性格だとは知らなかったよ、と、瞬太はぼやく。

「所詮沢崎だし、そんなところだろうと思ってたぜ」

豚角煮おにぎりを平らげ、爪ようじを使いながら、岡島はフッと鼻先で笑った。

「そうだよな、沢崎だもんな。三井にぞっこんなのに、店長さんや委員長とも浮気しちゃうような器用な奴じゃないし」

あ、これはほめてるんだからな、と、江本は付け加える。

「そうだね。沢崎を見ればわかるはずなのに……」

高坂は眼鏡《めがね》のフレームの位置を直しながら、思案顔になった。

午後一時、汗だくになりながら飛鳥《あすか》高校にあらわれたのはみどりだった。この暑いのに、スーツを着込んでいる。

「母さん今日は休みだったっけ？」

「今日は準夜勤だから夕方までは暇《ひま》なのよ」

午前中寝だめしたから、午後は起きていても大丈夫、と、吾郎を説得して、三者面談出席の権利を勝ち取ったらしい。

井上《いのうえ》先生に案内され、進路指導室に入る。面談のためのグレーのスチールデスクと、大学の資料がならぶキャビネットとパソコンが置かれただけの、狭く殺風景な部屋だ。

窓際に先生が着席し、スチールデスクをはさんだ反対側に瞬太とみどりがならんで腰をおろした。

「お母さん、これが沢崎君の中間テストの成績です。こちらが期末テストです」

井上先生は試験結果の一覧表をみどりに見せ、低い、いい声で淡々と説明する。瞬太はつい眠りに落ちてしまいそうになるが、あぶないところで腕の内側をみどりにつねられた。

「さて、沢崎君のクラス担任になってから三ヶ月半、私なりに注意深く見守ってきましたが、まったく授業についていけないようです。本人にも、なんとかみんなに追いつこうという意欲があるようには見えません。とにかく朝のホームルームから午後のホームルームまでひたすら眠っています」

「すみません、この子、ちょっと特異体質といいますか、睡眠障害がありまして……」

みどりはひたすら平身低頭である。

「教師生活三十五年。こんなことを親御さんに申し上げねばならないのは初めてのことで、私も大変悩みました」

随分《ずいぶん》おおげさな前ふりだなぁ、どうせ補習だろう、と、瞬太はあくびをかみ殺す。

だが井上先生の口からでた言葉は、そんなものではなかった。

「どうでしょう、お母さん、この際、沢崎君は一年生からやり直した方がいいのではないでしょうか？」

「えええっ⁉」

いきなりの最後通牒《つうちょう》に、みどりだけでなく、瞬太までが叫んだ。いっきに眠気がふきとぶ。

「せ、先生、いきなりそれはあんまりです！」

みどりが蒼い顔で抗議する。

「そうだよ先生、どうせ一年に戻っても、授業内容なんてわからないんだから一緒だよ！」

「沢崎君、それでは高校に通う意味がありません」

「瞬ちゃんは黙って！」

みどりに厳しく言い渡され、瞬太はしょんぼりと口を閉じる。

「先生、こんなふつつかな子ですが、幸いお友達に恵まれて、非行に走ることもなく、毎日高校に通っています。この子の人生にとって、高校に通うということはとても大事なことなんです。たしかに授業態度も成績もよくないかもしれませんが、他のお子さんたちに迷惑をかけるようなことはしていません。なんとか今のクラスにおいてやってもらえませんか」

みどりは必死で、唇をふるわせながら、せつせつと訴えた。おそらく昨夜から、こう言われたらこう答えよう、と、頭の中でシミュレーションを重ねてきたに違いない。

だが先生は特に感銘を受けているふうでもなく、黙って聞いている。きっと長い教師人生で、こんな場面には何十回も遭遇してきたのだろう。

「お願いします！」

みどりは立ち上がると、スチールデスクにむかって勢いよく頭をさげた。慌てて瞬太もならう。

「お母さんのお気持ちはよくわかりました」

井上先生はおもむろにうなずいた。

「どうでしょう、それでは、夏休みの補習の最終日に追試をおこなって、その結果で判断するということにしませんか？」

「……わかりました。何とぞよろしくお願いします」

一呼吸おいて、みどりは深々と頭をさげる。

追試でいい成績をとるなんて、無理に決まってるよ……。

瞬太はあきらめの境地で、窓の外の青空をあおいだ。

面談終了後、廊下をとぼとぼ歩きながら、みどりはハンカチをとりだした。

「まさかいきなり一年生に戻れって言われるなんて……」

額ににじむ汗をハンカチでおさえる。校舎内は冷房がきいているのだが、冷や汗がふきだしたのだろう。

「只野《ただの》先生と違って、授業中寝るなとかうるさく言ってこないから、おれのことは気にしてないんだと思ってたよ……。すっかり油断してた。おれ、観察されてたんだね……」

「とにかく夏休みは、毎晩、父さんに勉強をみてもらうこと。あと祥明さんにもお願いしないと……」

みどりはハンカチをきつくにぎりしめながら、計画をねっている。

「あーあ、勉強か。面倒臭いなぁ。高校なんてやめてもいいのに」

両腕を頭の後ろにまわして瞬太がぼやくと、みどりがさっと振り返った。

「三井さんと会えなくなってもいいの？」

「うっ」

さすがは母親、息子の弱点をよく心得ている。

「修学旅行、一緒に行きたいんでしょ？」

さらなる追い討ちも忘れない。

「……勉強するよ」

「わかればよろしい」

みどりはスタスタと歩きだした。

十

衝撃の三者面談終了後、陰陽屋にむかう瞬太にみどりもついてきた。今日はこれから、魔性の女性マネージャー対策会議なのである。

「別に母さんはでる必要ないと思うけど……。家に帰って着替えたりしないでいいの？」

「どうせ病院でナース服に着替えるんだから、スーツでもTシャツでもいいのよ。それに祥明さんに会わないと」

「ああ……」

勉強のことか、と思ったら。

「あんなショックなできごとがあったのよ？　母さん、祥明さんの素敵な笑顔でも見て癒やされないと、仕事なんてできないわ」

「…………」

しじみとみどりに語られて、瞬太は答えにつまる。

午後二時すぎ。

瞬太とみどりが陰陽屋に着いてほどなくして、竹内母娘と江美子もあらわれた。今日も狭いテーブルをぎゅう詰め状態で囲む。

「うちの病院の待合室でも女性患者さんたちの間で祥明さんのアジアンバーガー通いが噂になってます」

「ネットでつぶやいてる人もいたわね」

「あたしも今朝、たまたまお隣の奥さまと立ち話をしていたら、陰陽屋さんの話題がでましたわ」

順に、みどり、江美子、悦子の情報である。

あたしも、と、竹内が手をあげた。

「うちの高校の校内向けホームページにもアジアンバーガー情報のってました。陰陽屋の店長さんは見かけによらずジャンクフード好きなのか、はたまた美人マネージャー目当てか、って」

「そんな意地の悪いこと書くのはどうせ浅田だよ」

瞬太は顔をしかめる。

「そういえば委員長も知ってたし、アジアンバーガーのお客さんが増えるはずだよね。そのうち国立《くにたち》のあの人の耳にも入りそうで怖いよ」

「キツネ君、その話はするな。鳥肌が立つ」

祥明にとっては最恐の怪談らしい。

「一体どうすればあの魔性の女マネージャーを改心させることができるのかしら」

実は江美子も、いても立ってもいられず、昼間こっそり偵察に行ってみたのだという。

「説得で改心させるのは無理でしょう。そもそも良識のある人なら、あんな顔色の悪い店員たちを働かせ続けたりはしません」

「そうよね」

祥明の言葉に、江美子は苦々《にがにが》しげな様子でうなずく。

「おそらく彼女は、損得勘定で動くタイプの人間でしょう。つまり、正しいことや良いこと、嬉しいことや面白いことよりも、儲かることを優先するのです。具体的には、店員たちを酷使することが労働基準法違反だと知りつつも、年俸制の彼らを使えるだけ使ってアルバイトにかかる人件費を抑制し、利益をあげる、という判断のようですね」

「ということは、逆に、慎之介さんを雇い続けることが利益に反するよう、仕向ければいいのね。裁判でもおこす？」

「慎之介があの調子では裁判は無理だと思います。何をきかれても、大丈夫、の一点張りですもの。考えなしで脳天気なバカ息子ですみません……」

悦子は情けなさそうにため息をついた。

「お気持ちはよくわかります」

みどりがしみじみとした口調で同意する。考えなしで脳天気なバカ息子をもつ母親仲間として共感しているのだろうか。瞬太には返す言葉もない。

「魔性の女にとって一番の痛手は、やっぱり売り上げが減ることですよね？　でも一体どうしたら売り上げを減らせるのかしら。アジアンバーガーは陰陽屋さん効果で満員なんでしょう？　とりあえず陰陽屋さんが行くのをやめるとして、他にもいい方法ってありますか？」

竹内が首をかしげると、それはね、と、江美子が苦々しげに答える。

「悪いクチコミよ。あたしが言うんだから間違いないわ」

江美子はクチコミサイトに上海亭に関する事実無根の悪口を息子に書かれたというとんでもない経験の持ち主なのである。

「えっ、アジアンバーガーでゴキブリがでたとか、クチコミサイトに書いちゃうの!?」

瞬太は驚いて目を丸くした。

「まさか！　そんなことしたら、それこそ訴えられちゃうわよ。悪いクチコミを書きこむとしたら、やっぱり味かしら？　あたしもハンバーガー試してみたけど、正直、たいしたことないわよね。そこそこ？」

「味で勝負している上海亭さんと違って、アジアンバーガーは安さが売りの店ですからね。たとえ全然美味《おい》しくないと書いても、お客さんはあまり減らないと思いますよ」

祥明の指摘に、むう、と、江美子は顔をしかめる。

「味以外のことで攻めるとしたら、店員がみんなガミラス人みたいな青い顔をしていて気持ち悪いってことかしら？」

その時、階段をおりてくる靴音をとらえて、瞬太の狐耳がピンと立った。

ためらいのない意気揚々とした靴音と、いやいや引きずられてくる後ろ向きな靴音。

この不吉なとりあわせは、たしか以前も聞いたことが……。

「どうしたんだ？　キツネ君」

ふさふさの尻尾《しっぽ》が不安げに揺れるのを見て、祥明が尋ねた。

「足音が、二人分……」

「お客さんか？」

「わからない」

どうしよう。

あんな二人でも、一応、提灯《ちょうちん》を持って出迎えた方がいいのだろうか。

瞬太が迷っているうちに、黒いドアが大きく開け放たれた。

「こんにちは」

店の入り口に立っていたのは、浅田真哉《しんや》の姉、紀香《のりか》である。トレードマークの黒縁丸眼鏡、二つに分けてくくったセミロングの髪、紺のニーソックスは健在だ。背後に浅田本人もしかめっ面《つら》で立っている。姉の命令で連れてこられたらしい。

「浅田！」

瞬太は思わず三角の耳を斜め後ろに倒して警戒する。

「え、浅田さん？」

竹内は驚いて目をしばたたいた。

「あら、竹内さん。どうして陰陽屋に？　占いって雰囲気でもないわね」

二人とも飛鳥高校の三年生なので、顔見知りらしい。

「ちょっと陰陽屋さんに相談したいことがあって」

竹内が言葉をにごすと、紀香はニヤリとした。

「さては霊障相談ね」

「えっ⁉」

「あなたのお兄さんがアジアンバーガー王子店で働いていることくらい、とっくに調査済みよ。調べたのはうちの不肖《ふしょう》の弟だけど」

「不肖は余計だよ」

「どうやって調べたの？」

竹内は驚いて尋ねる。

「企業秘密さ」

前髪をくるくると指にからめながら浅田が言った。

「店員は胸に名札をつけているし、慎之介さんと由衣さんは顔が似てますからね」

祥明が扇で口元をかくしながら種明かしをする。

「なんだ、たいした調査じゃないじゃん」

瞬太が感想をもらすと、浅田はムッとした表情で前髪をからめる指をとめた。

「うるさいな。そもそもおまえは」

「あたしが話してるんだから、あんたたち黙りなさい」

「…………」

紀香は姉の威厳で浅田と瞬太を黙らせる。

「アジアンバーガー王子店といえば、ここのところ三日連続で陰陽屋さんが通いづめているところ。そこに店員の家族が相談に来ている、となると結論はただ一つ」

紀香は妙にすごみのある笑みをうかべた。

「あの店、でるんでしょう⁉」

「え？　何が？」

「でるといえば、もちろん、幽霊しかないじゃない」

「幽霊!?」

母親たちは皆、あっけにとられる。

「隠しても無駄よ。ミステリー研究会会長のあたしの目はごまかせないわ」

「ちが……」

反論しようとする竹内を祥明が扇でさえぎった。

「ミステリー好きのお嬢さんの目はごまかせないようです」

祥明の言葉に、紀香をふくめ、全員が驚きを隠せない。

「祥明、一体何を……」

瞬太が訂正しようとしたが、みどりの右手に口をふさがれてしまう。余計なことは言うなということらしい。

「驚いた。随分あっさり認めるんですね」

「ただし、認めるのは、霊障相談をうけているということだけです。アジアンバーガーに幽霊がでると認めたわけではありません」

「お店から口止めされてるってわけ?」

「ノーコメントです」

「ふーん、まあいいわ。うちはうちで独自に調査させてもらうけど、かまわないわよね？」

「もちろん」

祥明は口もとを扇でかくすと、にっこりと微笑《ほほえ》んだ。

「さっ、真哉、アジアンバーガーへ調査に行くわよ」

「待ってよ、姉さん、本気で幽霊を信じてるの？」

「あんただってＷＥＢニュースを盛り上げるネタがほしいって言ってたじゃない」

言うだけ言うと、二人はさっさと陰陽屋から去っていった。姉と弟の力関係は相変わらずのようである。

「おい、祥明、どういうつもりだよ。あんな嘘八百」

「おれは嘘なんかついていないぞ。あのお嬢さんが勝手に想像をふくらませただけで」

「わざと誤解させるようなこと言ったくせに」

瞬太の非難を祥明は涼しい顔で受け流す。

「あの二人にはせいぜい頑張ってもらうとしよう」

祥明は閉じた扇を頰にあて、意味深な発言をした。

十一

数日後。

奇妙な噂が森下通り商店街でささやかれていた。

いわく。

「最近陰陽屋さんが毎晩ハンバーガーを食べに行ってるのは、怪奇現象の調査らしいわよ！」

「そういえばあそこの店員さんたち、よく見たらみんな顔色悪いのよ」

「幽霊ってこと？」

「呪《のろ》いかも！」

ネットにのって、あるいは井戸端会議で、あっという間に噂は王子中へ広がっていく。

祥明が噂をたてているわけではない。ただただ毎晩、ハンバーガーを食べに行っているだけである。

「陰陽屋さん、もしかして今日も何か怪異の調査で来てるの？」

「このお店に幽霊がでるって本当？」

祥明目当ての女性客たちが声をかけてくる。みんな本気で噂を信じているわけではないのだが、祥明に話しかける格好の話題なのだ。

だが魔性の女性マネージャーとしてはやはり気になるらしく、ちらっと視線がとんでくる。

「申し訳ありませんが仕事の話はできないんですよ。守秘義務がありますから」

祥明は思わせぶりなことを言う。

「そうよねぇ、言えないわよねぇ、幽霊がでるなんて」

「一度このお店、陰陽屋さんにお祓《はら》いをしてもらった方がいいんじゃないかしら。幽霊がでるお店でつくった食べ物って何だか気味悪いし」

「そうね、それがいいわよ！」

「お客さま、うちの店には幽霊なんかでませんからご安心ください」

祥明を取り囲んでいる専門学校生たちに、松嶋が声をかけた。たまりかねたのだろう。

「でも店員さんたち、みんな顔色悪いわよ。この人なんて唇が紫だし、何かに取《と》り憑《つ》かれてるんじゃない？」

そう指摘されたのは、使用済みのトレーを回収していた慎之介である。

「あの、いえ、自分はもともと唇が紫なんですよ。大丈夫ですから」

「本当ですか？　肩が重かったりしませんか？　俗に左肩が悪い霊と言われていますが」

祥明の問いに、慎之介は驚いて頭を左右にふった。

「大丈夫ですよ。ほら、この通り……えっ」

ラジオ体操のように手足を大きく振り回し、元気さをアピールしようとした慎之介だったが、急に身体を動かしたため、足もとがふらついてしまう。

「あっ！」

「これは……！」

祥明はさっと立ち上がって、慎之介を抱きとめながら、わざとらしくその肩に右手をかざし、むずかしい表情をつくる。

「竹内君、大丈夫!?」

松嶋の顔がひきつる。心配そうなそぶりをしているが、心の中では慎之介の失態に激怒しているにちがいない。

「だ、大丈夫ですよ。ちょっと足がもつれただけです。取り憑かれたりなんかしてませんから！」

「よかった、びっくりさせないでね」

「慎之介さんは自分では気づいてないようだな。こんなにやつれて、肩も細くなっているのに」

「うん」

瞬太と祥明がわざとらしく目配せをしあうと、松嶋の眉間に小さなしわがきざまれた。

松嶋の険しい顔を見て、しまった、と、慎之介は焦ったようだ。

「だから取り憑かれてないって言ってるだろう！　ちょっと働き過ぎで、疲れてふらついただけだよ」

慎之介は祥明の手を乱暴に振り払う。

「ちょっとって、一週間やそこらではこんな顔色にはなりませんよ」

「二ヶ月半ずっと休まず働いてるんだよ！」

「竹内君！」

魔性の女の鋭い声に、はっとして慎之介は口を閉じるがもう遅い。

「今、二ヶ月半休んでないって言った？」

「それって違う意味で怖くない？　蟹工船《かにこうせん》じゃん」

「そう言われてみれば、ここの店員さんって、いつ来ても同じ人たちだよね。みんな顔色へんだし」

周囲にざわめきがひろがる。

「ち、違います。全然休んでないわけじゃなくて、そう、気分的にと言うか……」

慌てて慎之介は言い訳するが、後の祭りだ。

「そうですよね。二ヶ月半も休みをとらせなかったとしたら、立派な犯罪ですからね」

祥明が追い討ちをかける。

「えっ、犯罪なの？」

「最低でも四週間に四日休ませないと労働基準法違反だから、違法行為になる。悪質な雇用主は処罰されて、前科がつく可能性だってある。そんな真似《まね》を松嶋さんがするはずがない」

「もちろんです」

松嶋はにっこり笑ってみせるが、目が怒っている。

「でも竹内君、たしかに顔色が悪いわよ。夏バテかしら？　今日はもう帰った方がいいわ。何なら二、三日ゆっくり休んでいいから」

「いいえ、だいじょ……」

「今すぐ帰りなさい。業務命令です」

厳しく言い渡され、慎之介はすごすごとスタッフルームへ消えていく。

松嶋もいつもの笑顔はどこへやら、こわばった顔でカウンターの内側に戻っていく。

「もしかして、これで解決？」

瞬太は声をひそめて祥明に尋ねる。

「考えなしで脳天気な慎之介さんのおかげだな。さすが化けギツネの末裔だけのことはある」

祥明は肩をすくめると、気取った仕草でアイスコーヒーを飲みほしたのであった。

十二

翌日の午後六時頃。

陰陽屋では、祥明がベッドの上でごろごろしながらあくびをしている。

「暇だな。早じまいをして久々に上海亭の冷やし中華でも食べに行くか。カレー屋でもいいな」

「アジアンバーガーには行かないの?」

机にむかって勉強をさせられている瞬太が振り向いて尋ねた。

「もう慎之介君をこき使うことはできないだろう。お客さんの目があるし」

「そういえばあの店、アルバイト募集の貼り紙がでたんだって。あきらめて人を増やすことにしたみたいだね」

「ふーん」

祥明は満足げで、かつ、意地の悪そうな笑みをうかべる。

「それにしても、今回はお祓いも祈禱《きとう》も何もしないで解決しちゃって、楽だったよな。江美子さんのクチコミ作戦の勝利っていうか」

瞬太の言葉に、祥明は首を横にふった。

「いや、こんなに大変な仕事は久々だった」

「えっ、何が？」

「毎晩ハンバーガーを食べるのが……。ハンバーガーは嫌いじゃないが、こう毎晩だとさすがにきつかった。それに何より……お祓いも祈禱も何もない、ただの霊障相談だと、追加料金を上乗せできないのが痛すぎる……。呪われてるのはむしろうちの店なんじゃないか……？」

祥明はしみじみとぼやく。

「何より、今月は忙しかったわりに、全然儲かってない気がするし……」

「それは祥明が手相占い千円キャンペーンなんて口走ったからだろ」

千円キャンペーンの効果は絶大だった。

女子中学生から老夫婦まで、千円なら、と、ひやかし半分でおとずれる客があとをたたないのである。

「あ、また……」

瞬太の耳がピンとたつ。ハイヒールらしき靴音と、楽しそうなおしゃべりの声が階段の方から聞こえてくる。

「大人の女の人が三人だね」

「逃げそびれたか」

チッ、と、舌打ちをして祥明は立ち上がった。

瞬太もノートを閉じて、提灯をとりに行く。

「どうせ手相占いだろうから、お茶をだしたらキツネ君は休憩室で書き取りを五ページやること。わかったな」

「えっ、そんなに!?」

「一年生に戻りたいのなら別にかまわないが」

「やるよ！　やればいいんだろ！」

本当に今年の夏は呪われてるよ、と、半べそをかきながら、瞬太は店の入り口まで走った。

外が夕闇につつまれても、飛鳥高校の剣道場では猛稽古《もうげいこ》が続けられている。激しく竹刀でうち合う音や、気合いのこもったかけ声が響く。

「やあ、倉橋さん。ちょっと話を聞きたいんだけど、いいかな？」

高坂は剣道部のエースに話しかけた。

「新聞同好会の取材？　あ、新聞部に昇格したんだっけ？」

倉橋は面をとると、タオルで首の汗をぬぐう。

「おかげさまで。ここは君のファンクラブがうるさいから、外にでない？」

「外？　いいけど」

高坂と倉橋は扉をあけて、剣道場の外にでた。

東の空はほんのりと薄紫をおび、だいだい色の西の空では、宵《よい》の明星《みようじよう》が輝いている。

湿度の高い重い空気が二人にじっとりとまとわりつく。

「あのさ、沢崎が三井のことを好きなのは気づいてる？」

「いきなりそんな話？」

倉橋はすっと目を細めた。警戒態勢である。

「気づいてるよね？　沢崎ってすごくわかりやすいし」

　高坂はたたみかけた。

「ま、いつも春菜の前ででれでれ鼻の下のばしてるしね」

「知っててどうして、僕と沢崎が付き合ってるなんて偽《にせ》情報をパソコン部に流したの？」

「何のこと？」

　高坂と倉橋の視線がまっこうからぶつかる。剣道で鍛《きた》えられたおそろしい気迫に、高坂は寒気すら感じるが、ひるみそうになる自分を叱咤《しった》し、ふみとどまる。

「最初は白井《しらい》さんと遠藤《えんどう》さんを疑ってたんだけど、あの二人には何のメリットもない。おかしいなと思っているうちにかれこれ七十五日がたち、もうそんな噂を覚えている人はいなくなった。君以外はね」

「あたしには何かメリットがあるっていうの？」

「三井さんが沢崎と僕や、沢崎と他の女子との仲を疑うようにしむけて、結果、沢崎が自分のことを好きだって気づかないように巧妙に誘導してるのかなと思って。幼なじみの親友に恋人ができるのって、そんなに楽しいことじゃないよね？」

「あんな頼りない化けギツネにあたしの大事な春菜はまかせられないって？　もちろん思ってるわよ」

「じゃあ陰陽屋の店長さんならいいの？」

「はあ？　あんな誠実さの欠片《かけら》もない、顔と口先だけの男なんて論外でしょ」

「……君って見かけによらず腹黒だね」

「何のことだかさっぱり」

倉橋は高坂の目を見すえたまま、不敵な笑みをうかべると、袴《はかま》のすそをひるがえして練習に戻っていった。

夏休み直前ともなると、朝から気温が三十度をこえる。

積乱雲が重い頭をもたげ、蟬はうるさく鳴き、まだ夏休みに入っていないのが信じられないくらいだ。

野良猫たちもみな日陰に避難し、ぐったりと寝そべっている。

「沢崎君、おきて！」

誰かに肩をゆすられて瞬太は目をさました。

目の前に立っていたのは竹内だ。

周囲を見回すと、教室には瞬太と竹内の二人しかいない。

「あれ？　誰もいない？」

「みんな帰っちゃったわよ。沢崎君がなかなかおきないから」

時計を見るともう三時四十分である。

そういえば一度、高坂がおこしてくれたような気もするが、二度寝してしまったのだろう。教室は冷房のおかげで、実によく眠れる。おかげで一年生に戻されかけているので、良し悪しだが。

「ありがとうね。昨日、兄さん、一日中家で寝てた」

「そうか、良かったね」

「今度またあらためてお母さんと一緒に陰陽屋さんに挨拶に行くけど、一言お礼をって思って」

「うん」

「じゃあまたね」

竹内は嬉しそうな笑顔をうかべると、軽やかな足どりで教室からでていった。

瞬太は大きなあくびをしながら、両手をのばした。のんびり歩けば、ちょうどいい時間に陰陽屋に着くだろう。

かばんを持って立ち上がると、たまたま教室に戻ってきた三井と目があった。陶芸部のエプロンをつけている。

「今、教室からでてきた三年生、まえも沢崎君を廊下で待ってた人だよね？　もしかしてつきあってるの？」

「えっ、全然違うよ。陰陽屋のお客さん。ちょっと、その、お兄さんのことで相談を受けてたんだ。もう解決したけど」

「そうなんだ。ちょっといい雰囲気だったから、そうかなって思っちゃった。怜ちゃんも言ってたけど、けっこうお似合いだよ？」

ふふふ、と、かわいく笑う三井。

よく見ると今日も鼻の頭にうっすらと土がついている。

甘くてやわらかないい匂い。

「おれが好きなのは三井だし……」

「……え？」

三井は大きな瞳をしばたたいた。

その頃、陰陽屋を珍しい人物が訪れていた。

「久しぶりね、店長さん」

「これは初江《はつえ》さん、お元気でいらっしゃいましたか?」

沢崎初江、吾郎の母親だ。谷中《やなか》で三味線を教えながら一人で暮らしている。普段から着物姿が多いのだが、さすがにこの暑さのせいか、今日はブラウスとスカートだ。

「おかげさまで何とか生きてますよ。近くまで来たからよってみただけで、別に用はないんだけど、猫男に家をとられかけた時には世話になったから挨拶くらいはしとこうと思って」

初江は菓子折を祥明にさしだした。日暮里《にっぽり》にある有名な和菓子屋の水ようかんだ。

「もうそろそろキツネ君も来る時間ですから、どうぞ奥のテーブル席でお待ちください」

祥明に案内され、初江は椅子に腰をおろす。

初江は壁に貼られた「捜し人」という文字に目をとめた。拡大コピーした月村颯子《つきむらさつこ》の写真がそえられている。

「あら、この人、あたし見たことあるわよ」

「えっ⁉」

祥明は驚いて初江の顔を見る。

夏の盛りをつげる蟬の声が、陰陽屋にまで響いてきた。

（つづく）

参考文献

『現代・陰陽師入門　プロが教える陰陽道』（高橋圭也／著　朝日ソノラマ発行）
『安倍晴明　謎の大陰陽師とその占術』（藤巻一保／著　学習研究社発行）
『陰陽師列伝　日本史の闇の血脈』（志村有弘／著　学習研究社発行）
『陰陽師』（荒俣宏／著　集英社発行）
『陰陽道奥義　安倍晴明「式盤」占い』（田口真堂／著　二見書房発行）
『野ギツネを追って』（D・マクドナルド／著　池田啓／訳　平凡社発行）
『狐狸学入門　キツネとタヌキはなぜ人を化かす?』（今泉忠明／著　講談社発行）
『キツネ村ものがたり　宮城蔵王キツネ村』（松原寛／写真　愛育社発行）

本書は、書き下ろしです。

よろず占《うらな》い処《どころ》 陰陽屋《おんみょうや》は混線中《こんせんちゅう》

天野《あまの》頌子《しょうこ》

2013年12月5日初版発行

発行者……坂井宏先
発行所……株式会社ポプラ社
〒160-8565 東京都新宿区大京町22-1
電話……03-3357-2212(営業)
03-3357-2305(編集)
0120-666-553(お客様相談室)
ファックス……03-3359-2359(ご注文)
振替……00140-3-149271
フォーマットデザイン 荻窪裕司(bee's knees)
印刷・製本 凸版印刷株式会社

ポプラ文庫ピュアフル

ホームページ http://www.poplarbeech.com/pureful/

N.D.C.913/308p/15cm
ISBN978-4-591-13708-6

ポプラ文庫ピュアフルの好評既刊

イケメン毒舌陰陽師とキツネ耳中学生の
へっぽこほのぼのミステリ!!

天野頌子
『よろず占い処　陰陽屋へようこそ』

装画：toi8

母親にひっぱられて、中学生の沢崎瞬太が訪れたのは、王子稲荷ふもとの商店街に開店したあやしい占いの店「陰陽屋」。店主はホストあがりのイケメンにせ陰陽師。アルバイトでやとわれた瞬太は、実はキツネの耳と尻尾を持つ拾われ妖狐。妙なとりあわせのへっぽこコンビがお客さまのお悩み解決に東奔西走。店をとりまく人情に癒される、ほのぼのミステリ。単行本未収録の番外編「大きな桜の木の下で」を収録。

〈解説・大矢博子〉

ポプラ文庫ピュアフルの好評既刊

イケメン毒舌陰陽師とキツネ耳高校生に
のっぴきならないピンチ到来!!

天野頌子

『よろず占い処　陰陽屋あやうし』

装画：toi8

ホストあがりの毒舌イケメン陰陽師、安倍祥明がよろず相談ごとをうけたまわる占いの店「陰陽屋」は、王子稲荷界隈のみなさまに支えられて順調に営業中……だったのだが、アルバイトの妖狐、狐耳少年沢崎舜太の高校の熱血担任が乗り込んできてひと騒動。また、祥明に結婚をせまる女性客の来店など、次々とピンチが到来。へっぽこコンビの運命はいかに!?

大好評既刊『よろず占い処　陰陽屋へようこそ』待望の続編!

流され男子と頼れる猫又――
タマさま最強!!

天野頌子
『タマの猫又相談所
花の道は嵐の道』

装画：テクノサマタ

――うちの理生ときたら、高校生になったというのに、泣き虫で弱虫でこまったもんだ。やれやれ、おれがなんとかしてやるか――。

理生の飼い猫タマは、じつは長生きして妖怪化した猫又。流されるままに花道部に入部し、因縁のライバル茶道部との激しい部室争奪戦に巻き込まれてしまった理生を、タマが陰から賢くサポート。大人気「よろず占い処　陰陽屋」シリーズの著者が描く、ほんわかもふもふ学園物語。書き下ろし短編「空の下、屋根の上」を収録。

虚弱体質少年と、新型吸血鬼たちの
ユニーク・ハートフルストーリー！

佐々木禎子
『ばんぱいやのパフェ屋さん
「マジックアワー」へようこそ』

装画：栄太

四月はまだ寒い北の都札幌。中学生になった高萩音斗は、小学校時代から「ドミノ」と呼ばれてからかわれるほどすぐ倒れてしまう貧血・虚弱体質に悩んでいた。そんな彼を助けるために両親が連絡をとった遠縁の親戚たちは、ものすごく変わった人たちだった！ 商店街にパフェバーをオープンした彼らのもとで、音斗は次第に強さと自分の居場所を見つけていく。
ユニークな世界に笑い、音斗くんの頑張りや恋心にほろりとするハートフルストーリー！

めっぽう愉快でじんわり泣ける――
期待の新鋭による人情妖怪譚

小松エメル
『一鬼夜行』

装画：さやか

江戸幕府が瓦解して5年。強面で人間嫌い、周囲からも恐れられている若商人・喜蔵の家の庭に、ある夜、不思議な力を持つ小生意気な少年・小春が落ちてきた。自らを「百鬼夜行からはぐれた鬼だ」と主張する小春といやいや同居する羽目になった喜蔵だが、次々と起こる妖怪沙汰に悩まされることに――。あさのあつこ、後藤竜二両選考委員の高評価を得たジャイブ小説大賞受賞作、文庫オリジナルで登場。

〈刊行に寄せて・後藤竜二、解説・東雅夫〉

史上最も有名な陰陽師、安倍晴明——
少年の成長をドラマチックに描く！

三田村信行
『風の陰陽師（一）　きつね童子』

装画：二星天

きつねの母から生まれ、京の都で父親に育てられた童子・晴明は、肉親と別れ、智徳法師のもと、陰陽師の修行を始める。その秘めたる力は底知れず……。尊敬する師匠や友人たち、手強いライバルとの出会いを経て、童子から一人前の陰陽師へと成長してゆく少年の物語。賀茂保憲、蘆屋道満など、周囲の人物も含め、新たな解釈で描く安倍晴明ストーリー。第50回日本児童文学者協会賞受賞の長編シリーズ第1巻。

〈解説・榎本秋〉

本と図書館を愛する人に贈る、
とっておきの〝日常の謎〟

緑川聖司
『晴れた日は図書館へいこう』

装画：toi8

茅野しおりの日課は、憧れのいとこ、美弥子さんが司書をしている雲峰市立図書館へ通うこと。そこでは、日々、本にまつわるちょっと変わった事件が起きている。

六十年前に貸し出された本を返しにきた少年、次々と行方不明になる本に隠された秘密……

本と図書館を愛するすべての人に贈る、とっておきの〝日常の謎〟。知る人ぞ知るミステリーの名作が、書き下ろし短編を加えて待望の文庫化。

心の疲れをほぐしてくれる〝回復剤〟、できました

村山早紀『コンビニたそがれ堂』

装画：早川司寿乃

駅前商店街のはずれ、赤い鳥居が並んでいるあたりに、夕暮れになるとあらわれる不思議なコンビニ「たそがれ堂」。大事な探しものがある人は、必ずここで見つけられるという。今日、その扉をくぐるのは……？

慌しく過ぎていく毎日の中で、誰もが覚えのある戸惑いや痛み、矛盾や切なさ。それらをすべてやわらかく受け止めて、昇華させてくれる5つの物語。

〈解説・瀧 晴巳〉

ポプラ文庫ピュアフルの好評既刊

猫がもたらす事件の数々を
人気作家6人が華麗に謎解き！

秋山浩司　大山淳子　小松エメル
水生大海　村山早紀　若竹七海

『青春ミステリーアンソロジー　猫とわたしの七日間』

装画：usi

猫は不思議と謎を連れてくる。遺産争いに巻き込まれた猫の幽霊騒動、盗難疑惑から浮上した行方不明事件、失われた「絵画」を巡る謎解き、白猫の〝わたし〟が巻き込まれた奇妙な盗難事件。まねき猫がしゃべり出すユーモアミステリーから、先輩が飼っていた黒猫と過ごした切ない七日間を描く、すこし不思議な物語まで、人気作家6人が「猫と過ごす七日間」という共通設定のもと競作！　文庫オリジナルで登場!!

豪華作家陣が仕掛ける
「七日間限定」の謎！

加藤実秋、谷原秋桜子、野村美月、緑川聖司
『青春ミステリーアンソロジー　寮の七日間』

装画：usi

「ぼく」が逃げ込んだ美術高校で起きた幽霊騒動、桃香る女子寮で繰り広げられる少女たちの密やかな駆け引き、名門男子校にやってきた季節外れの入寮生、個性派ファミリーの夏休みの行方——。舞台は「紅桃寮」、四〇四号室が「開かずの間」、事件発生から解決までが「七日間」。三つの共通設定のもと、四人の実力派作家が競作する新感覚の青春ミステリー！

飯田雪子
『僕の知らない、きみの時間』

文化祭の呼び物は旧校舎の怪談ツアー。だが、彰矢と一緒にまっ暗な校舎に入ったいちこの様子がおかしくなって……幽霊に取り憑かれてしまったのか？　ミステリアスでせつないラブストーリー。

佐々木禎子
『ばんぱいやのパフェ屋さん2』

順調だったパフェ・バー「マジックアワー」の客足が急に途絶えた。首をひねる吸血鬼たちだが……？　一方、音斗の次なる悩みは？　おもしろくてちょっぴりほろっとする、ハートフルストーリー第2弾！

松村栄子
『風にもまけず粗茶一服』

弱小武家茶道「坂東巴流」の家元Jr.友衛遊馬、19歳。ようやく茶の湯に目覚めた――と思いきや、なぜか比叡山で武者修行中？　めっぽう愉快でほろりと泣ける大傑作青春エンタテイメント、シリーズ第2弾！